지역학총서 01

하동학 개론

조문환 지음

지역학총서 01

하동학 개론

조문환 글·사진

산처럼 솟아 있기도 하고
강처럼 길게 연결되고

자주 범람하여 형상이 바뀌기도 하고
때로는 바다처럼 항상 그 모습으로

효산

복선철도 개통되기 전 섬진철교 위를 지나는 새벽 첫 열차

왜 하동학인가?

우리가 살아가고 있는 지역을 모르면, 우리는 컵 속의 양파처럼 본체와 유리된 객체에 불과하다. 인간은 사회적 인간이자 역사, 자연, 문화적 인간이기에 컵 속의 양파가 더 이상 지속가능한 생장을 할 수 없듯이 지역사회와 유리된 인간은 한 발짝도 나아갈 수 없다.

하동 속에는 특유의 역사와 문화와 과학의 지층이 쌓여 있고 그 바탕 위에 오늘의 나는 하동을 걷고 기대며 살아가고 있다. 따라서 이 책은

이 시대 이 땅 위에 사는 한 왜소한 인간의 작은 자각이기도 하다. 나 홀로 내가 될 수 없다는 한계, 공중에 사다리를 세워 놓을 수 없듯이 내 의지로만 이 땅에 태어나고 살아가는 것은 불가능하다는 깨달음이기도 하다. 그 켜켜이 쌓인 지층을 탐색하고자 함이었고 그 지층의 결의 형태와 아름다움을 감상하고자 함이었고 그 지층의 수와 색상의 구성과 그것을 이뤄낸 충격파라든지 외부의 파동을 알아보고자 함이었다. 내가 그렇듯 하동

또한 그 홀로 이 땅에 존재할 수 없기 때문이다.

하동학을 쓰는 것은 하동을 알아감에 대한 희열과 그 역사 속의 일원으로 살아가고 있음에 대한 감사이기도 하지만 내가 아는 하동, 내가 알아낼수 있는 하동은 미약하기 그지없다는 한계와 한숨이기도 하다. 그런 것들이 이 글에 수없이, 연속적으로 노정되어 있다.

인생을 살아오면서 순간순간 갈등과 시행착오가 수없이 많았지만, 막상이 순간에 와서 걸어왔던 길을 되돌아보면 결국은 최선의 길을 걸었고 감사한 일뿐 모두가 오늘을 위한 일련의 과정이었음을 깨닫는다. 그러므로이번 생애는 하동에 기대기로 한다. 하동에 '올인'하기로 한다. 하동에만뿌리를 박기로 한다. 하동에서 하동 냄새로 살아가기로 한다.

지난 3년여 동안 아직 기초조차 쌓지 못한 나의 강의를 들어주신 분들께 감사드린다. 그 고요한 숨소리와 흐트러지지 않았던 눈초리에서 하동을 읽고 들을 수 있었다. 나의 원고 또한 초고에 불과하듯 앞으로의 강의조차도 늘 초고 수준에 머무를 수 있다. 나의 한계이기도 하고 하동의 지층이 그만큼 깊고도 넓기 때문이기도 하다.

사람에게는 창이 하나 정도는 있다. 세상을 바라보는 창, 그 창은 창호지에 뚫린 구멍일 수 있다. 나는 그 작은 구멍으로 세상과 하동을 읽었다. 편협하고 국소적일 수 있다. 어쩔 수 없는 한계다. 나의 이 무모한 걸음을 따라 더 크고 더 다양한 시선을 가진 '또 다른 하동 사람'이 제2의 하동학 개론을 펼쳐내길 간절히 기대한다. 그것이 내가 이 작은 첫걸음을 떼는 이유이기도 하다. 누군가는 시작해야 하기 때문이다.

작은 파도 하나를 읽기보다는 파도 밑에 도도히 흐르는 조류를 읽고 싶었다. 그 조류가 어디에서 와서 어디로 가는지, 조류의 성격은 무엇인지,

어디서 나뉘지고 그 조류는 또 어떤 조류와 파도를 형성하는지를 관찰하려고 했다. '하동을 읽는 일곱 개의 창'은 각각의 조류로 본다. 그것들이 결국은 오늘의 하동을 형성했고 내일의 하동을 만들어 갈 것이라는 생각에서다.

　더 높은 곳에서, 더 넓은 광야에서, 더 깊은 지층 속에서 하동을 읽고 계시는 분들께는 부끄럽기 짝이 없다. 넓은 아량으로 이해해주시길 기대한다. 하동을 사랑하는 분들에게 작은 지도가 되기를 바란다.

2025년 2월
조문환

차례

산처럼 솟아 있기도 하고

강처럼 길게 연결되고

자주 범람하여 형상이 바뀌기도 하고

때로는 바다처럼 항상 그 모습으로

강의 동쪽
'나라'

평사리 하늘에서 내려다 본 섬진강 줄기

제1장

왜 하동河東 인가?

왜 하동河東
인가?

하상계수를 알면 섬진강이 보인다

2020년 8월 섬진강은 또 한 번의 재난이 있었다. 화개장터는 말 그대로 물바다가 됐고 섬진강이 오산과 노고단으로 인해 두 번 휘감아 도는 구례는 태평양으로 변했다. 필자의 경험에 의하면, 약 10년 주기로 일어나는 예견된 재난이었다. 이런 재난의 원인을 두고 4대강 사업과 관련짓는 것은 섬진강을 제대로 몰라서 하는 소리다.

섬진강은 배고픈 강이다. 깡마른 강이다. 김용택 시인의 표현대로라면 '가문 강'이요 내 표현 방식대로 한다면 '어머니 저고리 고름처럼 가냘픈 강'이다. 하류에 와서 백사장도 만나고 너른 품을 갖게 되지만 구례까지는 적어도 그렇다. 그러니 비가 좀 오면 강은 급하게 흐른다. 황토물이 바다를 향해 노도가 되어 질주한다. 물이 불어나는 시간이 급하기 이를 데 없다. 강폭이 좁고 강 양안이 대부분 깎아지른 절벽이요 협곡이기 때문이다.

더군다나 섬진강 유역에는 물을 담수해 놓을 수 있는 너른 들판이나 자연 저류지가 발달하여 있지 않다. 그러니 비가 오면 오는 대로 곧바로 강물에 뛰어들게 된다.

하상계수라고 하는 것이 있다. 물이 가장 많을 때와 적을 때의 비율을 말하는데 일반적으로 섬진강은 715:1, 나머지 4대강들은 그 차이가 훨씬 적다. 콩고강과 나일강 등은 4:1, 130:1수준이다.

내가 중학교 1학년 지리 수업 시간에는 섬진강이 1400:1로서 세계에서 가장 하상계수가 큰 강이라고 배웠다. 섬진강이 세계 최고의 하상계수를 가지게 된 것은 바로 양안을 버티고 늘어 서 있는 절벽과 협곡 때문이요, 논과 같은 협소한 유역면적과 자연 저류지 때문이다. 이것이 길이로만 보면 4대강이지만 4대강 사업에 포함되지 않은 이유다. 섬진강은 세계에서 하상계수가 가장 큰 가문 강이다.

섬진강 홍수는 4대강 사업의 존재나 부존재가 문제의 발단이 아니다. 이 협곡의 가문 강에 물을 급히 방류하거나 한꺼번에 집중호우가 내리면 좁은 계곡을 타고 삽시간에 하류까지 내려와 범람하고야 마는 지형적인 조건 때문이다. 섬진강을 정치 세계로 끌어들이지 마시기를 바란다. 태생이 그렇다. 여기에 물의 효율적인 관리를 위해 만들었다는 댐을 욕심과 판단 실수로 저질러 놓은 인재人災형 악재惡災다.

그렇다고 그냥 보고만 있으라는 것이 아니다. 강을 이해해야 한다. 특히 섬진강은 대한민국 서정 1번지다. 얼마나 많은 노래와 시와 삶을 토해 놓았는가? 해야 할 일이 있다면, 빗물이 계곡에서 급하게 달려오지 않아도 될 1차 저류지를 만들고 논과 밭도 물을 담아 놓을 방법을 강구해야 할 것이다. 찢어진 강을 다시 정치 논리로 부관참시하지 않기를 바란다. 4대강 사업의 존재 여부가 아닌 자연은 자연적으로 문제를 풀고 강의 태생을 이해해야 한다.

**왜 하동河東
인가?**

황하와 닮았다

섬진강은 강인데 왜 강동이 아닌 하동인가? 황하의 하상계수와 닮았다.
중학교 체육 시간에 내가 보았던 눈부시고 산 능선처럼 높았던 그 백사장
과 내 두 발이 깊이 빠져들어 갔던 평사리 백사장과도 닮았다. 10년 주기
로 발생하고 있는 홍수와 재난마저 그렇다.

　중국은 국토 면적이 넓은 만큼 하천 수 또한 많을 수밖에 없다. 유역면
적이 10,000㎢ 이상의 하천만 228개로 총연장이 13만km에 이른다. 한강
과 낙동강의 유역면적은 각각 2만 6천, 2만 3천㎢이며 섬진강은 4천914
㎢임을 감안하자.
　중국에 7대 하천이 있다. 장강長江, 황하黃河, 주강珠江, 쑹화강松花江, 랴
오하遼河, 하이하海河, 화이하淮河 등이다. 이들 7대 하천은 중국 전체 유역
면적의 약 70%를 차지하며 약 12억 명이 생활하고 있다.

황하는 단순한 강이 아닌 세계 4대 문명의 발상지다. 하천 연장만 5,464km, 중국에서 두 번째, 세계에서 다섯 번째 길이다. 칭하이성 칭짱靑藏고원 바엔카라巴顏喀拉산이 발원지로 쓰촨성, 간쑤성, 닝싸회족자치구, 내몽고자치구, 샨시山西성, 샨시陝西성, 허난성, 산둥성 등 화북 지역 9개 성시를 거쳐 보하이渤海만으로 합류한다.

유역면적은 80만㎢, 연평균 강수량은 446㎜로 중국 평균의 약 70% 수준이며, 연평균 하천유량은 612억㎥로 장강의 약 5% 수준이다. 주요 지류로는 분하汾河, 도하洮河, 위하渭河 등이 있다. 일반적으로 본류가 하河면 지류도 하河의 이름을 따르게 된다. 상류 지역은 산지이고 중하류 지역은 평원과 구릉인데 중류 지역의 황토고원에서 유실되는 토사로 인해 연간 16억 톤의 토사가 발생한다. 반복되는 범람과 퇴적으로 하류 지역의 물길河道이 변동해 왔으며 하상이 주변 지역보다 높은 천정천天井川의 형태를 띠는 특징을 지니고 있다.

이런 모습의 하천을 현하懸河라 하기도 하는데 토사가 쌓이자, 강바닥이 지상보다 높이 솟구쳐 매달려지게 됐다는 뜻이다. 황하는 이처럼 평지보다 10미터나 높아져 명실상부한 현하懸河가 됐다.

강江과 하河

주의해서 볼 것은 중국 7대 하천 중 4개는 황하黃河처럼 물 하河로 쓰고 나머지 3개 하천은 장강長江처럼 강 강江으로 쓴다. 무엇 때문일까? 이 물음에 답을 하게 되면 왜 강동江東이 아닌 하동河東이 되었는지에 대한 물음도 동시에 해결된다. 고대부터 중국에서는 강수江水, 하수河水, 회수淮水, 제수濟水라는 4개의 하천이 있었다고 전해진다. 강수는 지금의 장강, 하수는 황하 그리고 회수는 회하淮河를 지칭하고 제수는 황하의 하도 변경과 지형 변동으로 현재는 사라진 하천이다. 다시 말하면 강江, 하河, 회淮, 제濟는 개별 하천의 고유명사였고(모두 삼수변氵을 포함), 실제 하천을 통칭하는 단어는 수水였다고 한다.

당나라 시인 이백李白은 "외로운 돛단배는 창공에서 가물거리고, 오로지 장강만이 하늘 끝으로 흐르네(孤帆遠影碧空盡, 唯見長江天際流)"라고 하는 등 당, 송시대 이후 사람들은 강수江水를 장강長江이라고 부르기 시작했는데 장강과 유사하게 유량이 풍부하고 유황이 비교적 일정하며 주로 남쪽에 위치한 하천은 강江으로 불리게 됐다. 또한 본류가 강으로 불리면 지류들도 강으로 불리는데, 장강의 지류들인 한강(漢江, 우리나라 한강과 동일한 명칭), 민강岷江, 쟈링강嘉陵江 처럼 모두 강으로 불린다.

반면 황하 또한 고대 시대에는 유량이 풍부하고 토사도 없는 깨끗한 하천이었으나 진한시대 이후 경제 발전과 인구 증가에 따라 유역 개간이 늘고 식생이 파괴되고 황토가 하천으로 유입되면서 황톳빛 하천이 되기 시작됐다. 이백이 "황하의 물은 하늘에서 내려와 힘차게 흘러 바다로 가면 돌아오지 못한다(黃河之水天上来, 奔流到海不复回)"라고 하는 등 당나라에 들어와 황하로 공식적으로 불리기 시작했다.

따라서 황하처럼 유량이 상대적으로 적고 유황流況이 계절에 따라 변화가 심하며 주로 북쪽에 위치한 하천은 하河라 불리게 됐다. 마찬가지로 황하의 지류인 분하汾河, 도하洮河, 위하渭河 등은 모두 황하와 같이 하河로 불린다. 또한 화이하, 하이하, 랴오하 등은 모두 황하와 유사하게 유량이 상대적으로 적고 유황의 변동이 심한 물순환 적 특성이 있다.

중국의 황하와 섬진강을 통해서 강과 하의 구분을 요약하면 이렇다. 우선 강江은 유량이 풍부하고 일정하게 흐른다. 따라서 강의 범람이라든지

가뭄 등으로 사막화되지 않는 비교적 비옥한 환경을 형성한다. 반면 하河
는 유량 변화가 급변하고 침식으로 모래가 하류에 퇴적하며 이에 따라 하
상이 높아져 자주 범람하여 주변 환경에 막대한 영향을 미친다. 하상이 범
람하게 되면 강줄기가 바뀌기도 하는데 그 바뀐 강줄기로 인해 주변에도
막대한 영향을 미쳤을 것이다. 따라서 오늘날 섬진강蟾津江은 이런 상황에
맞춘다면 섬진하蟾津河라 부름이 마땅하다. 이것이 하동이 강동이 아닌 하
동이 된 이유라 할 것이다.

왜 하동河東
인가?

범람해야 한다

황하는 1946년까지 수 천 년 동안 1,593회 범람했고 대규모 하도 변경이 26번이나 일어났다는 기록이 있다. 이보다 더 큰 하도 변경은 여섯 번, 이는 대륙의 북쪽으로 흐르던 강이 남쪽으로 선회했다가 다시 북쪽으로 올라가는 것처럼 대륙을 거침없이 종단하는 물길의 변경이었다. 범람이 낳은 대역사라 할 수 있다. 이것이 황하 문명을 낳게 했다면 과한 표현일까.

역사 이래로 하동군은 읍이 스무 차례 이상 이전했다는 기록이 있다. 홍수와 범람을 피해 산자락으로 옮겨 건읍建邑했다가 또다시 친수공간의 장점을 이용하기 위해 강변으로 나오기를 반복했다.

섬진강은 대략 10년 주기로 범람했다. 이에 따라 치수 능력이 발달 돼이 간격이 넓어질 수 있지만 그만큼 예측하지 못할 자연재해가 도사리고

제1부 강의 동쪽 '나라'   27

있기에 어쩌면 간격이 좁아질 수도 있다. 내가 기억하는 섬진강 범람 사건만 해도 연도를 꼽을 정도로 명료하다. 1979년, 1998년, 2020년과 같은 해다. 반대로 1976년, 1994년의 한해旱害는 끔찍할 정도였다. 내 기억이 명료하지 못해 연도를 말할 수 없는 것도 많다.

범람을 무엇이라 말할 수 있을까? 섬진강이 범람하지 않는 강이라면 하동은 어떤 모습일까? 수천수백 년 동안 섬진강은 얼마나 범람했을까? 어쩌면 강은 범람이라는 태생적 본질을 지녔다. 범람하지 않는 것은 진정한 강이 아닐 수 있다. 범람하기 위해 태어난 것이 강이다. 그러니 섬진강은 태생적 본성에 따라 그 운명을 개척해 나가는 중이다.

강의 범람은 상류의 토사를 중하류로 몰고 내려와 하천 바닥을 훑고 뒤엎어 이를 범람이라는 능력으로 천지에 흩어 놓았다. 새로운 흙, 기름진 흙이 산하를 건강하게 만들어 놓고 다양한 식물을 초대했다. 이것이 동식물의 서식 환경을 개선하고 건강한 생태환경까지 조성해 놓았다.

하동처럼 강의 하류에 있는 지역에만 해당하는 말들이다. 상류는 물이 급하기는 하지만 범람까지로 이어지지 않는다. 하동은 범람하기에 좋은 위치다. 노도가 된 강물이 하동쯤에서 그 토사를 토해 놓았고 최고 양질의 토질을 형성해 놓았다. 하동을 '다양성'이라 읽는 것도 이런 연유에서다. 범람한 토양은 하나의 성분이 아닌 다양한 성분이 함유돼 있다. 이 다양한 토질은 다양한 식물의 서식지가 됐고 다양한 동물을 불러 모았다.

  하동의 농특산물을 보면 바로 보인다. 매실, 감, 배, 차, 나물류, 딸기, 상치, 부추, 호박... 몇몇 농가에서 시범적으로 재배하는 정도가 아닌 각각 작목반이 형성돼 있고, 이를 산업화하려는 기술이 보급되고, 거상이나 도시의 도매상들과 연결돼 물류가 형성되고 있다. 범람하지 않았다면 있을 수 없는 형태다. 하동이 아닌 다른 고장의 농산물들은 몇 가지만 확실하게 자리매김할 정도로 단순하다.

  다양한 생산물들은 다양한 사람들을 모았다. 농업, 문화와 예술, 장인과 같은 부류의 사람들이 하동에서 태어나기 시작했고 모여들었다. 다양한 생명체들이 서식하는 것과 맥을 같이 한다.

  사람의 일생도 적어도 한두 번 이상은 강처럼 범람하게 된다. 범람을 경험하지 않은 인생은 성장이나 성숙했다 할 수 없다. 물불 가리지 않는 청소년기를 노도의 시기라고 한다. 이 노도는 한 번쯤은 넘쳐봐야 하고 물길을 바꾸어 놓아야 하고 그래서 다른 세상을 느껴봐야 한다. 그것이 인생의 범람이라 할 수 있다.

  범람 이후에는 새로운 물길이 생긴다. 스스로 범람의 길을 택할 수 있다면 이는 천재적인 기질을 타고난 것이다. 의도적 범람이라 할 수 있는데 인류 역사에 이 의도적 탈주와 같은 범람을 해 본 사람들은 분명 또렷한 족적을 남겼다. 하동은 다행히도 질주 본능, 나아가 범람 본능을 가진 하천인 섬진강을 가지고 있다. 하동은 오랜 세월 동안 섬진강이 범람시켜 놓은 '무질서의 질서'를 향유하는 중이다.

왜 하동河東인가?

하동河東의 의미

인류 역사는 상상의 산물이라고 한다면 과언일까 실언일까? 확신하건대 역사는 인간의 상상만큼만 진보한다고 생각한다. 상상하지 않는 일은 일어나지 않았으며 일어나지 않을 것이다. 과학의 발전이라는 것이 우연한 자연현상에서 찾은 것도 있지만 결국은 인간의 호기심과 이를 상상력으로 전환한 것에 연유한다.

문학과 예술이라는 것도 결국은 상상력이다. 우주 개척도 결국은 상상이 현실이 된 것이다. 하동이라는 이름자를 두고 상상력이라는 것과 결부시킨다면 결국 상상한 대로의 하동은 그 의미를 지니게 된다고 할 수 있다. 그렇다면 강동과 하동은 어떤 차이가 있는가? 왜 하동으로 불린 것이 더 의미가 있는가? 이는 작가적 상상력이기도 하고 하동에서 살아가고 있는 한 사람의 부질없는 억지이자 애향심의 발로이기도 하겠지만, 어떻든 하동이라 불림으로 인해 하동은 하동답게 형성됐고 앞으로도 그 하동다움으로 진화하게 될 것이다.

그렇다면 하동이라는 이름에는 어떤 의미가 있는가? 물 하河자가 주는 의미는 독특하다. 우선 문자적으로 보면 시적이다. 서사적이며 중의적이다. 특정한 형태라기보다는 상황적이며 비정형적 의미가 강하다. 직설적이지 않고 간접적이다. '저기 강이 있다'는 말보다 '저기에 물이 흐른다'는 말처럼 단번에 알아듣기 어렵지만 곱씹을 때 제맛이 나는 음식과 같다. 남대우 선생이 작사한 '하동포구 팔십 리'라는 노래가 있다.

만약 이 가사에 하동포구 대신에 '강동포구'라고 한다면 운율과 멋이 얼마나 맞아떨어질까? '하동'이라는 지명은 근거를 알 수 없는 시심을 불러일으킨다. 문학과 꼭 맞아떨어지는 접점이 있다. 상상력을 자극하기 때문이다. 그래서인지 모르지만, 하동은 문학 수도를 선포했고 자연스럽게 문학과 문학적 요소를 잘 반영하고 있다.

하동은 강동에 비해 덜 자본주의적이다. 소설 〈토지〉의 경우 제목을 '부동산'이나 '대지'로 했다고 가정했다면 그처럼 극적이지 못했을 것이다. 소설로 극화했더라도 우리들의 뇌리에 남지도 못했을 것은 물론 우리가 살고 있는 하동이니 평사리니 하는 말들도 모래알 같은 지명이 됐을 것이다. '토지'는 사고파는 재물이 아닌 조상 대대로 이어온 가업이며 이를 자손 대대로 이어갈 운명이 된 것도 그 이름 때문이다. 그래서 소설 〈토지〉와 '하동'은 운명적으로 만났을 수 있다. 상업적이며 비즈니스적인 속물이 아닌 '업'으로 이어온 운명공동체라 할까?

　강은 형태가 뚜렷하지만, 물은 형태가 없다. 강은 직선이요 예측 가능성, 안정성, 형식과 법칙, 가이드라인과 같은 태생적 성격을 지니고 있다면 물河은 자유스럽고 비정형적이다. 곡선이요 무형이며 예측불허와 같은 통제 불능이다. 내일모레처럼 미래가 또렷이 그려지지 않는다. 그렇다고 무계획적이거나 비관적이라는 말이 아니다. 자유분방하다는 것이다. 무한대에 가깝다. 형식이라는 것의 지배를 떠나 무형식의 형식으로 날개를 단 새와 같다. 그래서 바다와 가깝다. 강은 강으로 끝나지만 물은 바다로 흘러 들어간다. 하동포구가 있고 노량으로 흘러 들어가 태평양과 하나 된다. 그러니 경쟁이 없다. 경쟁자가 없다는 말이기도 하다.

왜 하동河東
인가?

다양성, 하동의 내성

섬진강이 범람한 하동은 다양한 지층을 만들어 놓았다. 범람하지 않았다면 오늘의 하동은 아주 단순했지 싶다. 범람이라는 '사건'은 하동을 우리가 상상하는 것 이상으로 다양화시켰다. 그 다양성의 기초가 된 것은 신의 작품이라 할 자연이다. 산, 강, 바다, 들판과 같은 선택의 여지가 없는 신의 선물 때문이다. 어떤 나라들의 경우 사막으로만, 산악으로만, 들판으로만 형성된 곳도 있지만 그것 또한 신의 선물이요 운명이다. 하동이 받은 신의 선물은 바로 이런 다양한 자연환경이었다. 오로지 신에게 감사할 따름이요, 누구를 원망하거나 조상 덕이라거나 할 것도 아니다.

　이런 자연환경의 다양성은 농특산물의 다양성으로 이어졌다. 사시사철 특별하고 색다른 농산물은 음식으로 이어졌고 축제로 이어졌다. 매화꽃이 필 무렵부터 시작된 축제는 벚꽃 축제, 차 문화축제, 양귀비꽃 축제, 전어 축제, 재첩 축제, 코스모스 메밀꽃 축제, 토지문학제, 대봉감 축제, 김치 축제, 참숭어 축제로 이어진다.

화개장은 다양성의 아이콘이라 할 수 있다. 후장에 기록하겠지만 전통적으로 장이라는 곳은 다양한 사람들이 다양한 상품을 하나의 장소에 집결시켜 매매하는 곳인데 상품의 매매로 끝나지 않고 정치 행위, 의사결집 행위, 혼사와 결연 행위, 놀이 행위, 전통문화 행위 등이 동시다발적으로 일어나는 곳이었다.

토양 자체가 다양성을 지닌 곳에는 다양한 사람들이 모여들게 되어 있다. 그들의 성정에 어울리기 때문이다. 성정에 맞지 않는 곳에는 모여들 사람이 없으니 말이다. 예술 행위를 하는 사람들은 그 다양성에 지남철이 달린 사람들이다. 하동은 그런 자성磁性을 지니고 있다. 음극일 수도 양극일 수도 있다. 양자를 다 지닌 물체일 수도 있다. 이 자성은 다른 자성을 지닌 자성을 끌어당기는 성질을 가지고 있다. 곧 문화와 예술가들이다. 문학도 그렇다.

이런 일들은 '범람'이라는 자연이 발하는 창조적 행위에 의한 것이다. 범람은 창조적 일탈이다. 범람하지 않으면 토양은 퇴적되지 않고 단 한 가지의 토양만 형성될 수밖에 없다. 한 사람의 개인도 범람이라는 일탈 없이는 다른 세상으로 나아갈 길을 찾기 어렵다. 자연적으로도 범람해야 옥토가 형성되고 다른 물길이 형성돼 새로운 세상을 볼 수 있게 된다. 개인의 삶도 창조적 일탈은 한 단계 뛰어넘는 행위다. 하동은 그런 자연의 일탈로 다양성을 띠게 됐고 그 다양성은 다양한 사람을 불러 모아 다양성을 지닌 하동을 만들어 가고 있다.

**왜 하동河東
인가?**

먼 곳

'멀다'라는 것은 인간에게 인간성을 부여해 준 중요한 관념이다. 객관적인 기준은 없지만 '먼 곳'은 선물이다. 가까이 있어도 먼 곳이 될 수 있고 멀리 있어도 가까운 곳이 될 수 있지만 '먼 곳'은 사람을 사람답게 만들었다. 먼 곳과 가까운 곳의 간극은 생존의 거리가 되었음을 우리는 얼마나 알고 있을까?

하동은 대한민국 최남단이다. 서울과 경기권에서 볼 때 하동은 하염없이 달려와야 할 '먼 곳'이다. 단숨에 내달려 올 수 없는, 이웃집 가듯 불현듯 올 수 없는, 몇 날 며칠 망설이고 준비된 마음일 때 비로소 박차고 출발할 수 있는 곳이다.

먼 곳이기에 애틋함과 연민, 이별, 만남, 사랑, 한숨과 같은 것들이 비로소 감각을 가지게 되었다. 먼 곳이라는 것이 없었다면 우리는 핍절한 말들과 감정과 고갈된 연민으로 삶에 목마른 인종이 됐을 것이다. 먼 곳은 얼마나 우리를 감성적으로, 서정적으로, 문학적으로 살찌웠는지, 그래서인지 모르지만, 하동은 메마르지 않고 각박하지 않고 찔러도 피 한 방울 나지 않는 그런 감정 없는 장소가 되지 않았다.

얼마나 다행인가, 하동이 먼 곳이라는 것이! 서울에서 가장 먼 곳에 있다는 것이! 그들과 멀리서 손짓할 수 있다는 것이! 헤어짐에 손수건 하나쯤은 꼭 필요하다는 것이! 완행열차로 하루 종일 걸렸었다는 것이! 먼 곳은 하동 사람뿐 아닌 먼 곳에 사는 사람들에게도 얼마나 큰 축복의 땅이 됐는지!

하동이 '먼 곳'이 되므로 하동은 소중한 것들을 지켜냈다. 보석 같은 청정환경은 하동이 먼 곳이기에 가능했었다. 하동은 어딘가로부터 멀리 있어야 가치가 있는 곳이다. 만약 수도권으로부터 자동차로 1시간 정도였다면 하동은 오늘의 하동이 되지 못했을 것이다.

정서적으로 도피처가 된 것은 하동이 먼 곳이기에 가능했다. 생활도피처라 할 수 있다 싶다. 이상향의 제일 조건은 개경에서 가장 먼 곳이었다. 현실 정치에서 물리적으로 벗어나기 위해서는 적어도 한 달 정도는 떨어진 곳이어야 했다. 오늘의 교통으로 4시간은 되어야지 싶다. 생명을 지켜

하동학 개론

주는 거리가 확보되는 곳은 하동 즈음이었다. 하동이 청학동 된 이유 중에 하나다.

　문학은 미지의 세계에 대한 탐구라 할 수 있다. 구태의연한 스토리는 문학이 되지 못한다. 문학은 상상력의 세계이기도 하다. 먼 곳은 상상력을 자극한다. 우리가 달을 의인화하고 그곳에 꿈을 싣는 이유도 멀리 있기 때문이다. 도저히 도달할 수 없는 곳, 그러나 팔을 펴면 닿을 것만 같은 그 상상력이 달을 소재로 하는 스토리와 문학작품이 넘쳐나는 이유기도 하다. 누군가에게 하동은 달과 같은 존재라 할 수 있지 싶다. 노래가 되고 시가 되고 소설이 되는, 그래서 역사를 넘어 신화가 되는 것이다. 다시 하동이 멀다는 것에 감사한다. 나의 노력이 아니기에, 운명적이기에 감사할 수밖에 없다.

무너진 하동읍성에서 바라보이는 금오산

제2장

역사 지층 속의 하동

지명의 탄생

지명은 필연성을 가지고 있다고 봐야 한다. 가령 '서울'이 왜 서울이 됐느냐는 그 필연의 과정이 있었다. 누군가 우연히 부르기 시작했다 하더라도 그 우연이라는 것조차 필연의 결과다. 이를 뒷받침하는 연구보고서가 있다. 2010년 하동군청의 기획계장을 맡고 있을 때 당시 나의 관심은 '하동다움'을 찾아내는 것이었다.

'하동다움'의 정신적, 학문적 근거를 찾는 것은 진주교육대학교 경남권 문화연구소에 의뢰했다. 박정수 소장을 비롯한 12명의 교수와 연구진이 각자의 분야를 맡아 보고서를 썼는데 그중에 이재현 교수의 연구보고서인 '하동의 정치와 지리'에 지명의 필연성에 대하여 이렇게 논하고 있다.

지명은 사회적 주체들에 의한 포함Inclusion과 배제Exclusion의 과정을 거치는 동안 타자를 배제하는 경계와 자아를 포함하는 영역을 구별하는 아이덴티가 강조되면 될수록 자아와 타자의 차이는 더욱 선명해진다. 이러한 차이에 근거하여 내부적 통일성을 인식하는 장소감에 기초하는 장소 아이덴티티가 구축된다.

지명이라는 것은 무수한 역사와 그 속에 살았던 사람들을 통해 배제하고 또 포함하는 작용과 반작용을 거쳐 만들어진 선명한 차이와 경계에 의해 만들어진 지역의 정체성의 표현이라는 것이다. 그러니 '하동'이라는 지명은 마치 들물과 날물이 수만 년 거쳐 진주라는 보석을 만들어 내듯 역사의 밀물과 썰물의 작용으로 태어난 필연성의 결과라는 것이다.

어릴 적 시냇가 백사장에 나가 모래성을 쌓아 놓고 모래 따 먹기 놀이했던 적이 있다. 꼬챙이 하나 꽂아 놓고 친구들과 번갈아 가면서 모래를 차지하는 놀이인데 욕심을 부려 많이 가져오려다 꼬챙이가 넘어지면 게임에서 지는 것이다. 결국 꼬챙이는 단 한 줌의 모래에 의해 지탱이 되는 경각의 지경에 놓이게 되는데 그 마지막 모래 한 알로 꼬챙이가 넘어지고 넘어지지 않는 그 찰나의 순간처럼 이름도 그 순간에 탄생하는 것과 같다. 그 위태한 지경, 단 한 끗 차이로 운명이 결정되는 시간에 이름과 지명은 탄생한다. 지명과 사람의 이름은 그렇게 태어나는 것이다. 우주의 탄생과 같이 우주적이요 운명적이다.

사람 이름도 같은 원리다. 다른 것이라면 지명이 들물과 날물의 작용으로 탄생된 것이라면 사람의 이름은 선조들의 소원과 기도에 의한 것이다. 이재현 교수의 연구대로라면 '포함'과 '배제'가 수억만 번 거치는 작용과 반작용의 결과에 이름이 탄생한 것이다.

역사 지층 속의
하동

역사 속 '하동'의 지명

역사 속에 오늘날 하동의 이름은 삼국시대 한다사군韓多沙郡에서 시작된다. 이를 서기 757년 경덕왕이 하동군이라 개칭하였다. 당시 하동군의 영현은 셋으로 성량현, 악양현, 하동현이었다. 악양현의 개칭 전 이름은 소다사현, 하동현은 포촌현이었다.(삼국사기 34권 잡지 권3)

고려시대에 들어와서도 하동군의 명칭은 그대로 이어졌지만, 현종 9년 1,018년에 전국의 지방 행정 중심지를 4도호부 8목 체제로 개편하는 과정에서 하동군은 진주목의 속군이 됐다. 명종 2년 1172년에 이르러 진주목 속군에서 벗어나 군 감무를 수령하는 독자적인 행정을 회복했다. 한편, 고려사 57권에 하동군을 '청하淸河'라고도 불렀다고 기록돼 있다.

조선시대 세종실리지에도 하동이라는 지명의 탄생과 신라와 고려를 통해서 변경된 행정구역 편재와 관련된 역사의 기록을 그대로 명기하고 있다. 이를 옮겨 보면 다음과 같다.

> "조선 태종 갑오년에 남해현을 합하여 하남현으로 일컫다가 을미년에 다시 나누어 하동 현감을 두었다. 별호는 청하淸河다. 사방 경계는 동쪽으로 곤남에 이르기까지 20리, 서쪽으로 악양현에 이르기까지 20리, 남쪽으로 진주 임내인 금양에 이르기까지 4리, 북쪽으로 진주에 이르기까지 21리다. 호수는 346호, 1,108명이며 군정은 시위군이 15명, 진군이 11명이다…. 땅이 기름지고 기후는 따뜻하며… 토산은 작설차, 생포, 은어, 문어 모래무지…읍 석성 둘레가 3백79보인데, 안에는 우물 5, 못 1곳이 있다. 역이 3이니 횡포, 율원, 마전이다"

하동과 남해를 하남현으로 통합한 것은 고려 말 왜구의 잦은 침입으로 남해와 거제 등지는 주민들이 살기가 어려워져 본거지를 떠나 지역이 황폐해지자, 조선 태종조에 일시적으로 하나의 현으로 통합했다. 하지만 1년 후에 다시 분리됐고 이후 하동과 남해는 이전의 명칭을 회복하여 각각 독자적인 고을로 발전했다. 이후 숙종 조에 이르러 도호부로 승격됐고 고종 건양 원년인 1896년에 하동군이 되어 오늘에 이르고 있다.

신증동국여지승람 제31권 경상도 하동현 편에도 비슷한 기록이 연속된다. 하동읍성 축조 관련 내용이 반복적으로 기록되는데 다음과 같다.

"성곽 읍성 현에 옛날에는 성이 없었는데 우리 세종 정유년에 양경산 밑에 돌로 쌓았다. 둘레는 천 19척이고 높이는 13척이며 성안에 우물 다섯과 못 하나가 있다"

**역사 지층 속의
하동**

선동후서先東後西, 선 덕천강 후 섬진강

하동이라는 땅에 사람이 살기 시작한 것은 전기구석기 시대 옥종 덕천강 지역임이 고고학 발굴로 알려져 있다. 좀 더 정확한 지점을 말하자면 정수리 지역이다. 이것이 점차 서진하게 되는데 후기구석기 시대 들어와 양보면 운암리로 한발 더 나아가게 되고 신석기시대에는 이윽고 하동읍 목도리까지 다가선다. 이러한 것들은 주로 출토된 유물을 통해서 확인할 수 있다.

  우리나라의 경우 일반적으로 구석기인들이 주로 강이나 해안가에 살았던 것에 비해 이는 색다른 모습이다. 주로 낮은 구릉지에 터전을 잡은 모습을 발견할 수 있었는데 덕천강이든 섬진강이든 지금의 모습과 당시의 모습은 판이하였을것임이 확실하다. 하지만 강의 성질은 비슷하지 않았을까. 섬진강이 지닌 협곡의 거친 자연환경은 구석기인들이 몸으로 부딪쳐

내기에는 만만치 않았을 것이다.

지형적 조건만 감안한다면 덕천강은 섬진강과는 사뭇 다른 성질을 지녔다. 비교적 너른 충적지 형태를 지닌 덕천강 유역은 강물이 범람하여도 옥종지역은 지금도 그렇지만 사질양토로서 구석기인들이 살아내기에도 그리 어렵지 않았을 것으로 짐작된다. 그렇기에 지금의 진주 서부와 산청 남부 지역, 하동의 동부 지역은 구석기인들이 기거하기에 최적의 조건을 유지하였을 것이다.

시간이 갈수록 삶의 영역은 점차 서진하게 된다. 청동기시대로 접어들면서 이런 모습은 더욱 분명하게 드러난다. 횡천리 유적, 북천 사평리 유적 등은 청동기시대 유적들이다. 이즈음 옥종 덕천강 유역은 서쪽 지역보다 청동기문화가 한 발 더 진척되었을 것이다. 덕천강과 연접한 진주 수곡면과 인근 경호강 하류 지역에 펼쳐진 광범위한 청동기 유적들과 맥을 같이한다고 보기 때문이다. 하동읍 지역은 이때까지만 하더라도 발견된 유적이 없다.

드디어 4세기, 가야가 설립되고 가야는 서진에 매진한다. 이때부터는 고분이 발견된다. 하동 최초 발견 고분은 횡천면 남산리 고분군이다. 더불어 흥룡리와 진교 고이리에서도 고분 유적은 발굴된다. 양보 우복리도 비슷한 시기의 고분이다. 청동기와 함께 세력을 일으킨 가야는 섬진강을 넘어 전라남도까지 세력을 펼친다. 이 시기에는 전라도와 경상도의 개념이 태동조차 하지 않았음을 잊지 말자. 하동 지역이 그 존재를 키워가기 시작한 것은 가야의 서진으로부터 시작됐다.

역사 지층 속의
하동

미완의 가야, 그 속의 하동, 변방이냐 무게 추냐

변한의 한 부족이었던 당시 하동 땅은 소가야와 대가야에 차례대로 편입된다. 가야에 대한 기록은 마치 깨어진 항아리의 파편 조각들이 수십 리에 흩어져 있는 것과 같아서 이들을 하나하나 찾고 꿰어 온전한 모습의 역사로 세워야 한다. 산산이 깨진 거울 조각을 맞춰 자기의 모습을 비춰보는 것과 같다. 엄청난 상상력과 인내가 필요하다. 사료가 적기 때문에 발굴된 유물에 의존하는 경향이 크다.

역사를 바로잡는 것은 역사학자들의 몫이기도 하다. 그러나 가야사만큼은 역사학자들을 그대로 믿기에는 부족한 부분이 없잖아 보인다. 하지만 확실한 것은 섬진강을 중심으로 벌어진 가야와 백제, 백제와 신라 등 첨예한 대립이 있었다는 것이다. 초기의 변한과 마한, 이를 이어받은 소가야, 대가야 그리고 그 틈바구니에 끼어든 왜倭는 바다와 내륙으로의 통로인 섬진강 확보를 위해 사활을 걸었다.

결국 후기 가야의 맹주가 된 대가야는 낙동강 통로가 신라에 의해 막히자, 남원과 임실 등지로 서진했고 곧바로 섬진강을 따라 남진하는 루트를 개척하기에 이른다. 이는 중국이나 일본 등지로의 교류를 위한 필사의 노력 중 하나였다. 악양의 고소산성은 바로 이 무렵 대가야가 백제의 침략으로부터 방어하기 위해 축조한 성이라 믿어진다.

유물 발굴을 통해 알려진 바로는 대가야는 경남 서부와 전라 북부 지역은 물론 순천, 여수, 고흥 등 전남 동부 지역까지 아우르는 대국을 형성했다고 보고된다. 마치 썰물과 밀물이 수없이 주고받는 것처럼 4~6세기의 하동을 둘러싼 국가 간의 쟁탈전은 사투 그 자체였다.

그렇지만 아쉽게도 역사 이래로 하동은 단 한 번도 맹주로서의 위치를 확보하지 못했다. 인근 경남 지역 고성의 소가야, 함안의 아라가야, 김해의 금관가야처럼 국가의 중심추로서의 위치를 확보하지 못하고 변방이나 국가와 국가의 '사이'에 위치했었다. 하지만 그 중요성이나 지정학적 위치조차 '변방'에 머무르지는 않았다. 오늘의 하동 땅을 차지함으로 비로소 완성을 보는 '필요조건'에 속한 것이다. 대가야는 물론, 백제와 신라조차 하동을 차지하지 않고서는 부족과 국가의 큰 그림을 그리는 데 무리가 있었을 것으로 보인다. 일종의 무게 추라고 할까? 하동이 역사 이래로 가장 뜨거웠던 현장에 섰던 시대는 바로 신라, 백제, 고구려, 가야가 각축을 벌이고 있었을 시대가 아닌가. 우리는 학교 교육에서 3국 시대로만 배웠지만, 사실상은 강력한 왕권에 의한 통치 체제가 없었을 뿐 부족들 간의 연맹 국가로서의 가야에 대한 새로운 자리매김도 필요하다.

서기 562년 대가야의 멸망으로 가야는 역사 속으로 사라졌다. 철을 떡 주무르듯이 주물렀고 왜에 선진문물을 심어줬으며 중국과 교류했던 가야, 우리는 가야를 하나의 부족으로, 제대로 꽃을 피워보지 못한 부족 국가로만 배웠다. 그 썰물과 밀물의 중심부에서 뺏고 빼기는 쟁탈의 현장이 됐던 하동이었다. 가야를 알지 못하면 그 후의 역사 속의 하동을 이해하기도 어렵다.

대몽항쟁 속의 하동, 대장경의 기틀을 놓다

이즈음에서 우리 역사의 치욕적인 순간들을 더듬어 본다. 1637년 병자호란 중 인조의 삼배구고두례三拜九叩頭禮로 시작된 삼전도의 굴욕, 이것은 끝이 아니었다. 중국 심양의 남탑이라는 곳은 삼전도의 또 다른 삼전도다. 치욕은 더 깊은 치욕으로 이어졌다. 소현세자와 봉림대군의 볼모 행로는 또 어땠을까? 거기까진 그렇다 치자. 정권의 책임자들 중에 한 명이었으니까. 그 책임의 연장선이라 할 수 있으니까. 남탑에 벌거벗겨진 채로 서 있는 50만의 조선 백성들, 아니 인간 시장에 하나의 매매 거리로 전락한 모욕과 치욕의 조선 민초들, 몸값을 치르기 위해 이역만리로 찾아온 가족들이 올라버린 속환가를 지불하지 못해 생이별해야 하는 눈물바다, 그 치욕과 슬픔을 어떻게 표현할 수 있을까?

2019년 11월 해질 무렵에 나는 그 남탑에서 발길을 돌릴 수가 없었다.

눈물바다가 됐을 남탑이 왜 그리 야속하고 서러웠는지. 심양의 북릉에 잠자고 있는 청태종 홍타이치를 기어코 찾아갔다. 죽은 지 370년이 넘은 그를 보기 위해서는 여섯 개의 관문을 통과해야만 했다. 묘에는 풀 한 포기 없었다. 마치 회를 발라 하얗게 덧칠된 것처럼 보이는 그의 무덤 앞에 서서 왜 그랬냐고, 왜 그랬어야만 했느냐고 따지고 물었다. 귀국하자마자 새벽녘에 삼전도로 달려갔다. 석촌호숫가에 퇴적되어 있는 비석 군들, '삼전도 청태종 공덕비'다. 찬란한 문명의 상징인 대한민국 최고층 타워와는 비교조차 할 수 없는 그 작은 비석 하나가 가슴을 찔렀다.

1231년 8월부터 1259년 3월까지 무려 28년간 아홉 차례에 걸친 몽골 제국과의 전쟁이었다. 전쟁 발발 다음 해인 1232년 당시의 권력자인 최우에 의해 강화도로 천도한다. 이에 분노한 몽골은 살리타이를 내세워 2차 침략을 감행한다. 아홉 차례의 전쟁이 이어지고 1270년 개경으로의 환도가 된다. 하지만 환도에 반대하여 삼별초의 난이 일어나고 김통정 살해 후 삼별초는 전멸당한다. 〈고려사〉권24권 고종41년 조에는 이렇게 기록된다. "이 해에 몽골의 군사에게 사로잡힌 남자와 여자는 무려 206,800여 명이다. 살육된 사람의 숫자는 헤아릴 수 없다. 몽골군이 지나간 마을은 모두 잿더미가 되었다."

팔만대장경은 28년간 겉으로 드러난 전쟁의 뒤 안 길에서 정신 항쟁의 상징이었다. 전쟁 발발 6년째인 1236년 강화도에 장경도감을 설치하고

1251년까지 16년에 걸쳐 완성했다. 대장경 조판의 주역을 하동 출신 정 안으로 본다. 정안은 고려 무인정권의 핵심인 최씨정권을 지탱했던 4대 가문 중의 하나였던 하동정씨 후손이다. 권력의 중심부에 있었던 정안은 벼슬을 사양하고 낙향, 전 재산과 온몸을 던져 남해에 설치된 분사 대장 도감에서 대장경을 판각했다.

2016년 하동에서 열렸던 '정안과 팔만대장경 컨퍼런스'에서 당시 문화 재전문위원이었던 박상국 선생은 "정안이 없었다면 팔만대장경도 없었 다"는 내용이 담긴 사실을 밝혔다. 그 전 2011년 고려대장경 간행 1,000 년 기념 특별법회에서는 "팔만대장경은 100% 남해에서 판각된 것이 확 실하다"라고 주장했다. 그러니까 정안 선생이 하동과 남해를 오가면서 판 각에 전력을 다했다는 것이다. 팔만대장경은 주로 산벚나무와 돌배나무 로 조판됐다고 한다. 이들은 모두 하동산하에 자생했던 것으로 횡천강과 섬진강 등으로 수운하여 조판에 활용됐을 것으로 보는 시각이 주목을 받 았다.

강화도 천도와 28년간 아홉 차례의 전쟁 그 속에 국토는 파괴되고 백성 들은 진토처럼 흩어졌지만, 내면과 정신은 송곳처럼 살아 있어 기록에 정 진하고 백성들을 진정시켰다. 정신의 승리 없이 육체의 승리는 있을 수 없기에.

최초의 DMZ이자 GP 두우산성

강과 바다가 만나는 그 접점에 발 아래로 내려다보이는 산이 있다. 불과 198미터의 두우산이다. 두우산 정상에는 의미 있는 두 가지의 유적이 있다. 하나는 봉수대, 하나는 음각이 된 검劍이다. 봉수대는 모르긴 모르되 세우고 쓰러지기를 여러 번 반복했을 것이다. 지금의 형체는 인위성이 가해진 것이리라 믿어진다. 음각의 검은 희미하지만 또렷하다. 비록 풍상에 그 위용이 흐려지긴 했지만, 그 속에서도 칼날은 북쪽을 향하고 있다.

섬진강이, 섬진강이 된 것은 두꺼비 전설과 관련 있다. 고려 우왕 (1365~1389) 때 왜구들이 섬진(蟾津: 두꺼비 나루)강을 통해 침범해 오는 것을 보고 수만 마리의 두꺼비들이 소리를 지르자, 왜구들이 물러갔다는 얘기다.

왜와의 접촉은 가야 시대 때부터였으니 어제오늘의 일이 아니다. 백제는 섬진강을 통해 왜와 수교했고 대가야 또한 섬진강을 통해 왜와 중국과 통교하려 했다. 그 진영 중의 하나가 고소산성임은 잘 알려져 있다. 두우산 봉수대와 검劒은 무엇을 증명하려 했을까? 일반적으로 백제와 신라의 경계에 있으므로 신라가 축조한 성으로 보지만 확실하지 않다. 역사는 사실도 사실이지만 상상의 산물이기도 하니. 나는 그 사실에 역사와의 대화를 통한 상상을 불어 넣는 중이다.

두우산 봉수대는 금오산과 연대봉에서 신호를 받아 악양의 형제봉 봉수대와 그 위의 피아골 석주관성으로 이어지는 간봉의 역할을 맡았다. 금오산이 지휘소라면 그 아래의 연대봉과 두우산성은 초소 역할이었지 싶다. 지금 휴전선과 비무장지대DMZ의 GP역할이었다. 이런 역할을 한 것은 섬진강 양안을 형성하는 협곡의 주요 산성들에서 발견할 수 있다. 하동의 경우 형제봉과 신선대 아래의 고소산성으로 이어졌고 이는 곧장 화개와 구례의 석주관성, 곡성과 순창 임실, 남원과 진안, 전주 등으로 이어졌을 것이다.

오늘의 섬진강은 당시에는 최전방이었다. 왜와의 전투도 그렇고 백제와 가야, 백제와 신라도 그 중심에 있었다. 첨예한 대립, 뺏고 뺏기는 성이자 적진으로 돌진하는 전투로였음이 틀림없다. 왜의 입장에서 볼 때 1차 목표는 한양, 그 한양을 넘어 평양과 의주, 어쩌면 중국까지였으니, 하동포구의 시점이자 종점이기도 한 섬진강 하구와 두우산은 그 초병의 임무를 맡고 있었다. 섬진강을 통하지 않고는 조선 내륙으로 침입하기가 쉽지 않기 때문이다. 호남평야에서 군량미를 획득한 후 곧장 한양으로 올라가는 길을 선택했을 것이다. 두우산은 단지 200미터짜리 산에 머무르지 않는다. 전운이 감도는 첫 전초기지였다.

농민 항쟁, 그 정점의 하동 전투

마하트마 간디의 말대로 19세기 말, 조선을 관통했던 징후 하나를 꼽으라면 '원칙 없는 정치'를 먼저 들고 싶다. 세계사의 흐름을 읽지 못하고 부화뇌동했던 조정의 실정은 백성들을 정신적 아사 직전으로 내몰고 아래로부터의 봉기를 불러일으켰다. 그 실정과 관료들의 폐해라니! 조병갑은 그중의 하나였다.

　우리 역사에 이런 아래로부터의 봉기는 흔치 않았다. 서학 즉 천주교에 반하여 일어난 동학사상, 애초에 이는 아래로부터 시작된 하나의 신념이었다. 신념이 어떻게 봉기로, 혁명으로 비화했을까? 동학은 인내천人乃天에서 시작된다. 사람이 곧 하늘, 이는 곧 빈부귀천이 없는 상태이니 분명 아래로부터 시작된 것임이 틀림없다. 동학농민혁명보다 약 100년 앞서 일어났던 프랑스 시민혁명 또한 아래로부터의 봉기였다. 불평등한 사회

체제, 국가 재정 파탄, 계몽주의에 자극받은 민중 계급, 특히 농민들의 반란은 불난 집에 기름을 붓는 역할을 했다.

최제우에서 최시형으로 교주가 이어지고 결국 전봉준에 의해 분출된 농민 봉기는 들불처럼 번져 충청도와 전라도, 나아가 경남 서부 지역으로 확산됐다. 불과 1년, 그리 길지 않는 시간의 봉기지만 세계사를 뒤흔들어 놓았던 불쏘시개가 될 줄은 누구도 예측하지 못했다. 결국 청일전쟁으로, 러일전쟁으로, 경술국치로 이어지는 도화선이 됐다.

촉발이라는 말은 이럴 때 쓰는 말이다. 방아쇠를 당기자, 총이 격발 되는 원리처럼 누구도 예상하지 못했던 농민봉기가 세계사의 흐름을 바꿔놓을 줄을 누가 알았을까? 1894년 1월 전봉준의 고부민란으로 시작된 1차 봉기, 이에 놀란 조정과 혁명군이 맺은 전주화약全州和約, 이어진 2차 봉기, 결국 혁명은 들불처럼 전국적으로 번져 나간다. 12개 항목의 폐정개혁안은 당시로서는 이상적이라 할 만큼의 혁신적인 것이었으나 결국은 부도수표가 돼 버렸다.

주로 충청도와 전라도와 전 지역, 경상도 서부 지역인 하동과 진주, 산청 지역에서 항거가 거셌는데 특히 경상도 지역에서는 하동이 그 최전선에 서게 됐다. 하동송림과 하동읍, 진교의 금오산, 옥종의 고성산성은 그중에서도 가장 뜨거운 혈전의 장이었다. 9월 5일 하동읍내에서 벌어진 전투에서는 민가 700호 이상이 불타 잿더미로 변했고 11월 11일 옥종 고성산성 전투에서는 3백 명 이상의 동학군이 전사했다. 이 전투에서 쫓긴 동학군은 11월 16일에서 19일 사이에 벌어진 제2차 하동송림과 백사장 전투에서는 약 3천 명의 동학군이 전멸했다는 보고가 있다. 섬진강이 죽음의 강이 된 것이다.

과거 2천 년의 역사 속에서 하동을 하나의 단문으로 '수호와 변혁의 땅'이라고 표현하면 어떨까? 가야와 백제, 백제와 신라 그리고 삼국의 뺏고 뺏기는 분투, 그 가운데 하동과 그의 강 섬진강은 혈전의 장이 됐다. 이어진 고려의 항몽과 팔만대장경 조판, 고려 말에 왜구들의 남해안과 섬진강으로의 침략, 결국 임진왜란 최후의 전장이 된 노량 앞바다는 수호의 땅 하동의 분투의 현장이 됐다.

임진왜란은 승전으로 기록되었을까? 아니면 패전이었을까? 이기고 지는 것이 의미가 없는 물음이다. 이미 짓밟힐 대로 짓밟힌 뒤기 때문이다. 이순신을 비롯한 수많은 민족의 영웅을 탄생시켰던 국란이기도 했다. 그러나 그 이면에는 비교할 수 없는 치욕이 있다. 의주파천義州播遷이라 하기에는 너무나 치욕스러운 의주몽진義州蒙塵, 1592년 4월 13일 임진왜란이 발발한 지 불과 보름만인 4월 30일 선조는 궐문을 나섰다. 4월 28일 파천을 결정한 지 사흘만이다. 왕은 5월에 평양을 거쳐 6월에 의주에 이른다. 급기야 명나라로의 망명을 기획하고 6월 27일 명으로부터 허락을 받았지만, 신하들의 반대로 무산된다. 어가의 파천이 결정되고 왕이 떠나자, 병사들의 탈영은 물론 백성들은 궁궐에 돌을 던지고 노비들과 광대들은 불을 질렀다. 물론 노비문서는 불태워지고 공노비들은 호적과 신분을 날조하는 일들이 발생했다. 선조의 환도는 1593년 10월 4일, 의주로의 몽진으로부터 1년 6개월여 만이었다.

경술국치庚戌國恥라고 쓰면 우리 스스로를 너무 자학하는 말이 아닐지 모르겠다. 자학까지는 아닐지 모르지만, 수치로 기록됨은 피할 수 없지 싶다. 1910년 8월 29일의 일이다. 불과 110여 년 전 전의 일일 뿐이다. 나의 부모님은 신혼 시절에 일본 징용으로 끌려갔다. 구사일생으로 살아 돌아오긴 했지만, 나는 그 덕에 재일교포라는 명칭을 쓰지 않아도 되는 신분이 됐다. 아니 어쩌면 이 땅에 태어나지 못했을 수도 있었다. 임진왜란으로부터 318년 만에 36년 동안의 나라를 빼앗긴 설움을 겪었다.

그 전조는 이미 너무 일찍, 너무 명확하게 찾아왔었다. 을미사변은 그 중에 하나다. 1895년 10월 8일 명성황후를 비롯한 궁중 인사들이 집단살해를 당했다. 승정원일기의 마지막 기록은 '한일병합조약'에 따라 한국의 통치권을 일본에 이양함을 선포한 것이었다. 이 기사를 끝으로 왕명의 출납을 맡았던 승정원은 한국통감부에 의해 폐지되고 한 달 후에 조선총독부가 세워졌다.

고성산성 전투와 하동송림공원과 백사장에서의 동학농민혁명 전투는 외세와 구세력에 항거하여 변혁을 향한 아래로부터의 몸부림이라 부르고 싶다. 전라도 지방에서 발발된 동학농민혁명은 섬진강을 넘어 경상도에서는 하동이 그 정점에 있었다. 반외세, 반봉건의 기치를 내 걸어 수호와 변혁의 땅으로 역사에 그 이정표를 세웠다.

5월 찻잎을 따는 어머니 차농

제3장

하동
사람

하동
사람

국민 심성을 적신 정두수

라디오가 흔하지 않았던 시절, 집을 나와 동네로 놀러 나가다 이웃집 담 넘어 라디오에서 '가슴 아프게'가 흘러나오자 더 잘 듣고 싶은 마음에 다시 집으로 돌아가 이 노래를 다 듣고 나왔던 적이 있다. 당시 대한민국의 엘비스 프레슬리라 할 수 있는 남진의 목소리였다. 나훈아의 '물레방아 도는 데', 이미자의 '흑산도 아가씨', 정훈의 '그 사람 바보야', 문주란의 '공항의 이별' 은방울 자매의 '마포종점'과 같은 시대를 풴 주옥같은 노랫말들을 그의 언어로 창조해 냈다. 노랫말 시인 정두수 선생이다.

정두수 선생은 1937년 하동군 고전면 성평마을에서 출생했다. 고등학교부터는 부산과 서울에서 다닌 것으로 기록되어 있지만, 최소한 유년 시절은 하동에서 성장했다. 어릴 적 그가 뛰어놀았던 땅은 그의 노랫말에서 그대로 발아되고 싹이 터 거목으로 성장했다. 노래는 시대를 반영한다.

"노래시"는 시대를 그대로 묘사할 수밖에 없기 때문이다. 시대를 거부하는 노랫말이든, 시대를 그대로 입은 노랫말이든 그 시대를 그대로 반영한 결과다. 노동가나 반정부 저항가나 농요나 동요나 할 것 없이 시대를 반영하지 않고 노래가 되는 법은 없지 싶다.

정두수 선생이 작사한 남진의 '가슴 아프게' 가사는 이렇다. "당신과 나 사이에 저 바다가 없었다면 쓰라린 이별만은 없었을 것을/ 해 저문 부두에서 떠나가는 연락선을 가슴 아프게 가슴 아프게 바라보지 않았으리/ 갈매기도 내 마음같이 목메어 운다." 이 가사는 남녀 간의 이별을 노래하는 말 같기도 하지만 일본으로 징용을 떠나는 삼촌과 헤어짐의 아픔이라고 선생은 말했다.

2014년 4월 16일 세월호 사건으로 방송의 모든 예능프로그램이 중단됐을 때 선생은 하동으로 잠시 내려왔다. 나는 선생을 짧게 모실 기회가 있었는데 아직도 선생의 긴 담배 연기가 내 깊은 폐부 속으로 들어와 있는 느낌이다. 당시 전국노래자랑이나 가요무대 등 대표 프로그램들이 수개월 중단되는 바람에 김동건 아나운서가 할 일 없이 지내고 있다고 선생은 내게 말씀하셨다. 그때 후로 몇 번 전화 통화만 했었는데 선생의 부음은 선생이 보낸 문자로 알게 됐다.

노랫말의 거장이라 할 수 있는 정두수 선생을 나는 진정한 하동 사람이라 칭하고 싶다. 내가 살아가는 시대의 언저리 문턱에서 나의 심성과 대한민국 국민의 토속성을 발현시켜 시대가 낳고 하동의 토양이 키워낸 사람이라 할 수 있다. 우리가 살아가고 있는 지층은 수십억 년 이상 켜켜이 쌓인 퇴적토다. 토양의 퇴적토가 있다면 역사와 문화와 산업의 퇴적토를 쌓아가는 일은 그 시대인들의 몫이다.

정두수 선생은 1963년 데뷔, 3천 500여 노랫말을 토해냈다. 그 지층 위에 나는 뛰어놀았고 내 심성은 굳어졌다. 존 레논의 비틀즈가 1960년에 결성되어 전성기를 구가했던 시기는 정두수 선생의 노랫말들이 대한민국 국민을 열광시킬 때와 겹친다. '가슴 아프게'는 1967년 남진을 톱스타 반열에 올려놓았고 최고의 히트곡이 됐다. 비틀즈가 공식적으로 해체된 것은 1974년 12월 29일, 물론 그 후에도 개별적 또는 비공식적으로 재결성 노력은 있었지만, 완전체로서는 활동하지 못했다. 하지만 비틀즈의 노래와 정두수의 노래는 아직도 해체되지 않았고 죽지 않았다. 노래는 인생보다 더 질긴 생명 줄을 가지고 있다.

국민 위로 시인 정호승

하동 출신 중에 정두수 선생이 6, 70년대 국민들의 심성을 담당했던 예술
인이라면 8, 90년대에 많은 활동을 했던 시인은 정호승이 앞자리다. 정호
승 시인을 모르는 하동 사람은 없었지만, 정호승 시인이 하동 출생이라는
사실을 아는 사람은 그리 많지 않다. 알아도 10년 전쯤이었다. '정호승 시
인이 하동 사람이었다'는 말을 들었을 때 왜 그동안 몰랐지? 라는 생각이
들었다. 그 정도로 정호승 시인이 사람들 속에 차지하는 범위가 넓었기 때
문이었다.

 산업화와 민주화를 구가하면서 우리는 너무나 치열하게 살았다. 그것이
모든 것 위에 놓일 가치인 줄로 알았다. 그러다 홀로 덩그러니 앉아 있는
자신을 발견하기 시작했다. 자기만 그런 줄 알았더니 모든 사람이 그랬다.
외로움을 탄 것이다. 사람들은 곁눈질조차 하지 않고 삶을 질주하고 있었

다. 질주 본능 열차 그 자체였다. 그 열차에 앉아 다른 사람들을 곁눈질하게 됐다. 다른 사람들도 자신과 같이 열차에서 외롭게 홀로 앉아 있는 것을 알게 됐다. 이 사실을 먼저 깨달은 정호승 시인이 말을 건네기 시작했다. 그랬더니 너도나도 서로에게 위로의 말을 건넸다. 나 홀로 외로운 줄 알았더니 모두가 외로움에 몸서리치고 있었다. 나 홀로 외로웠다면 그것은 괴로움이었을 것인데 너도나도 외로움을 타고 있었으니, 그것은 견딜 만한 일이었다.

그것을 깨닫게 한 사람이 정호승 시인이다. "외로우니까 사람이다."는 인간 본연의 속성에 대한 정의였다. '다행이구나 내가 외로운 것은'이라며 스스로에게 위로의 말을 건네기 시작했다. 내가 나에게 주는 위로의 말은 가장 힘 있고 따스한 말이 됐다. 이 말은 타인으로 이어졌다. '사랑하다 죽어버려라.', '눈물이 나면 기차를 타라.'처럼 외로움을 적극적으로 이겨내는 방법도 알려주었다. 아, 대한민국에 이 말이 들불처럼 번지게 될 줄이야!

정호승 시인의 시어들과 시집들은 대부분 이렇게 사람의 가슴을 녹이고 노크하는 것들이다. 〈슬픔이 기쁨에게〉, 〈별들은 따뜻하다〉, 〈포옹〉, 〈흔들리지 않는 갈대〉, 〈사랑하는 사람〉... 이런 시집들과 책들은 많은 독자들을 외로움에서 이겨내게 했다. 이런 시편이 없었다면 우리는 그 무지막지한 세월을 어떻게 다 견뎠을까?

〈여행〉은 내가 자주 낭송하는 시다. 결국 여행은 사람의 차가운 설산 속으로 떠나는 것이다. 그곳이 진정한 여행지요 목적지요, 꽃피는 곳이다. 차가움 때문에 외로움을 느끼고 그 외로움을 가지고 외로움 속으로 떠나는 것이 진정한 여행이다. 고독이라 할 수 있는 외로움은 인간이 가진 특권이다. 고독했기에 예술이 탄생했고 여행을 떠날 수 있었다. 문학이라는 것도 고독에서 출발했다 할 수 있다. 참 아이러니 한 일이기도 하다. 인간은 외롭고 고독했고 그 고독 때문에 문학과 여행이 시작됐고 다른 예술들도 결국은 여기에서 출발했으니 말이다. 그러니 사람됨을 감사해야 하지 않을까?

그 외로움과 고독을 반추하여 국민 위로 자가 된 정호승 시인은 섬진강 변 하동읍에서 출생하여 유년 시절을 하동에서 보냈다. 그가 국민 위로자가 된 것은 하동이라는 질펀한 토양에서 태어나고 유년기를 보낸 것 때문 아닐까? 섬진강과 지리산과 남해가 준 위로의 언어를 그는 유아 시절부터 옹알이하듯 뿜어낸 것 아닐까? 21세기 중반을 향해 달리는 시간에 우리는 또 누구로부터 위로를 받을 수 있을까? 과연 우리는 누군가의 위로가 필요할 만큼 나약한 인간일 수 있을까?

샘문골 무명 도공

이도다완이라는 말은 의외로 내 귀에 익숙하다. 일본 국보이기도 하다. 10년 전쯤에 사기마을에서 현암 도예연구소 최정간 소장을 잠시 뵈었고 선생이 만든 자료를 받아 읽은 적이 있다. 그 자료는 2012년 발간한 나의 첫 저서 〈시골 공무원 조문환의 하동 편지〉에도 소개를 했었다. 여기 그대로 인용해 본다.

> "사기마을 그릇은 처음엔 평범한 사발이었으나 조선을 방문한 일본 선승에 의해 찻사발 용도로 일본 차회에 최초로 소개됐다. 일본 다인들은 조선에서 온 사발을 찻사발로서의 기능적, 심미적인 미를 인정하였고 일본 차회의 신데렐라와 같은 존재가 됐다. 그 후 크기와 디자인을 변형시켜 주문제작 의뢰를 하였으며 한시적으로 한정된 수량만을 만들어 현해탄을 건너가 이도다완이 됐다"

일본의 욕심은 여기에서 끝나지 않았다. 임진왜란 때 조선 도공과 사기장들을 대거 잡아갔다. 진교 사기마을 도공과 사기장들도 마찬가지였을 것이다. 일본 도자기의 신으로 불리는 이삼평도 같은 운명이었다. 이들은 일본 아리타에서 집단으로 도자기를 만드는 일에 투입됐고 일본 도자기 문화의 르네상스를 꽃피웠다. 자료에 의하면 1650~1757년 동안 일본이 수출한 도자기는 120만 점 이상이라고 한다. 이들을 기리기 위해 사기마을 내 작은 공원에는 '샘문골무명도공추념비'가 세워져 있다. 1984년 경상남도지사가 세운 것이다.

> "옛날 이곳 샘문골 사람들은 로를 묻고 흙을 비비며 불을 지펴 도혼을 담은 그릇을 만들면서 살아갔도다. 임진국란을 맞아 이들의 뛰어난 도예가 이국만리에 끌려간 비극지국이 될 줄이야 그 누가 알았으리! 그들은 이곳 샘문골을 바라보며 통한의 나날을 보내면서 외로이 죽어 갔으니 어찌 이곳을 창조와 한의 땅이라 하지 않으랴. 샘문골 도화 꺼진 지 이미 오래되어 그 흔적 알 길 없었으나 일본 국보로 남아 있는 40여 점의 정호다완이 우리말로는 샘문임을 알아 그 원산지임을 확인하게 되었고 이 위대한 땅에 다시 불을 지피게 되었으니 어찌 자랑과 기쁨의 새 샘물이 함께 솟아났다 하지 않으리오. 우리는 이름 없는 많은 도공들을 추념하면서 그들의 넋이나마 이 샘문골에 돌아오게 하고 또 그들의 도심을 오늘에 이어가고자 여기에 조촐한 비를 세우나니 이름하여 무명도공추념비라 하노라. 1984. 9. 12 경상남도지사"

옛 로마인들은 돌을 예술적으로 다루는 현란한 솜씨를 지녔다. 그들이 만지면 돌이라도 살아 숨 쉬는 인간이 되었고 신이 되었다. 이것이 다비드상이 되었고 유럽 곳곳에 남아 있는 원형극장이 됐고 거석문화의 산물과도 같은 수도교가 됐다. 이탈리아 중부에 스폴레토라는 도시가 있다. 이 도시의 중심부 가장자리에는 계곡을 잇는 수도교가 있는데 높이가 80미터 길이가 230미터로서 약 2천 년 전에 만들어진 것이라고는 상상이 안 될 정도로 온전하게 자리하고 있다. 하지만 우리에게는 흙에 불을 섞는 신기神技의 역사가 있었으니 바로 그 흔적이 아직도 남아 온기를 뿜어내고 있는 곳 중의 하나가 바로 백련리 사기마을이다. 우리의 선조들은 바위를 깎아 내는 정도가 아닌 흙에 1천 3백도의 불을 지펴 하나의 정신으로 키워냈으니 거석문화를 넘은 혼의 문화라 하지 않을 수 없다. 500여 년 전 하동의 도공들이 일본 도자기문화를 꽃피우게 한 것은 거역할 수 없는 역사의 흐름이요 증거다.

애민의 표상 전청상, 이소영, 김진호

'원님 덕에 나발 분다'라는 말은 이탈리아에 꼭 맞는 얘기다. 적어도 2백
년에서부터 2천 년도 넘은 유적들이 온 국토를 보석 덩어리로 만들어 놓
았다. 베로나시의 원형극장 아레나는 지금도 오페라가 공연되는 '현역' 역
할을 톡톡히 하고 있다. 로마의 콜로세움은 그 세월의 잔상이 진하게 묻어
있지만, 하루에도 수만 명의 관광객을 모으고 있는 세계의 보물이다.

  어디 그런 건축물뿐이던가? 피렌체 시뇨리아 광장의 다윗 상과 페르세
우스 상, 동부 해안의 군사도시 리미니에서 출발하는 플라미니아 가도, 아
이밀리아 가도와 포필리아 가도, 이들 가도가 지나가는 티베리우스 다리,
이 가도를 환영하고 배웅하는 아우구스투스 개선문은 2천 년이 넘은 지금
도 엄연한 생활 속의 인프라로 활용되고 있다. 2천 년 전에 살았던 '원님
들' 덕에 이탈리아 국민들은 앉아서 부와 명예를 누리고 있다.

이들에 비하면 우리나라는 그 '원님'이 그리 흔하지 않다. 남겨진 문화유산들을 현실에서 쉽게 대하기 어려울 뿐 더러 대부분 박물관에 보존되어 있기 때문이다. 생활 속에서 고색창연한 우리의 문화유산들을 대하기 어려운 것은 주로 목재로 조성된 우리 문화재의 특성에 기인하기도 하지 싶다. 그래서 오랜 세월을 이겨내기 쉽지 않았고 그나마 남아 있는 대부분의 건축물도 사찰 형태의 목재 문화재로 존재하기 때문이다.

다행히도 그 '원님'을 하동은 보유하고 있다. 나는 여행자를 인솔하여 화개 지역 특히 십리벚꽃길을 지날 때든지 섬진강을 따라 하동 송림공원을 안내할 때는 꼭 원님 덕에 나팔 부는 얘기를 한다. 전청상도호부사는 그 대표적 '원님'이다. 도호부사께서는 1745년(영조 2년) 섬진강 백사장에서 몰아치는 모래바람을 막기 위해 소나무 3천여 그루를 심었다. 그 원님 덕에 지금도 3백 년에 가까운 소나무들이 허파 역할을 해 주고 있다.

십리벚꽃길은 두 원님의 합작품이다. 이소영 군수와 김진호 면장이다. 이소영 군수는 충남 온양 사람으로 1928년부터 1932년까지 하동군수로 재직하면서 '화개동천기'를 남겼다. 직접 기록을 남겼다는 것은 또 다른 면모를 지닌 원님이기도 하다. 김진호 면장은 화개 출신으로 1902년부터 1911년까지 초대 면장을 역임하고 1922년부터 1933년까지 4대 면장을 다시 지냈다. 두 원님은 대화를 나누던 중 신작로 개설 얘기를 했고 그 기록이 이소영 군수의 '화개동천기'에 있다.

이소영 군수는 현실적으로 가장 시급한 일은 도로를 개설하여 사람의 통행이나 물산의 수송을 용이하게 하는 것으로 생각했다. 김진호 면장 또한 그 시급함을 늘 인지하고 있었지만, 면의 재정으로는 엄두를 내지 못할 상황이었다. 이러한 현실에서 이소영 군수의 지원 약속과 애민의 마음을 깊이 간직하고 있었던 김진호 면장의 뜻이 합일을 이뤄 신작로는 준공됐고 여기에 복숭아나무 2백 그루와 벚나무 1천2백 그루를 심었다.

오늘날 송림공원은 2005년에 천연기념물 제445호로 지정됐고 화개십리 벚꽃길은 대한민국 국민 꽃길로 자리매김해 있다. 예지력 있는 우리의 선조들의 애민 정신이 오늘날까지 고을을 먹여 살리고 삶에 지친 주민들에게 생명력을 불어 넣어 주고 있다. 송림공원과 십리벚꽃길이 없다고 가정해 본다면 하동의 면모는 어떨까? 애민 정신으로 가득 찬 원님들이 끊이지 않고 이 땅에서 샘물처럼 이어지기를.

**하동
사람**

빛 보기에는 너무 먼 당신 정기룡

우리 국민 가운데 정기룡이라는 세 글자 이름을 알고 있는 사람이 얼마나 될까? 검색 창에 '정기룡'이라고 입력하면 동명이인조차 그리 많지 않다. 벼슬로만 하자면 조선시대 상주 가판관과 상주 목사를 시작으로 세 번의 경상 우도 병마절도사, 두 번의 삼도수군통제사 등을 역임하고 임진왜란 선무원 종공신1등5위에 제수된 '조선 중기의 무신'이 그를 총칭하는 말이다.

장군은 1562년 하동 금남에서 출생하여 임진왜란 발발 6년 전인 1586년 무과에 급제했다. 탁월한 지략과 용맹으로 임진왜란이 일어나자 경상 우도방어사 조경 장군 휘하에서 종군했다. 별장으로 거창 싸움에서 왜군 500여명을 격파하고, 김산 싸움에서 위험에 처한 조경을 단기필마로 구출하였는가 하면 진주성 제1차 전투에서는 유병별장과 한후장으로 큰 공을 세워 학봉 김성일의 추천으로 품계를 뛰어넘어 상주 가판관으로 파격 승진했다.

1597년 정유재란 때에는 토왜대장이 되어 고령에서 왜군을 대파하고 적장을 생포하는 공을 세웠다. 이어 성주, 합천, 의령, 경주와 울산 도산성 제1차 전투에서도 큰 공을 세웠다. 1598년 명나라 장수 이녕이 전사하자 조선군 최초로 명나라 군대의 어왜총병관직을 임시로 대행해 경상도 방면의 왜적을 소탕하였다. 장군의 이름 앞에는 늘 따라다니는 호칭이 있으니 '60전 60승 임란의 맹호'다. 그런 장군을 백성들이 존경하고 사랑하여 그가 머무는 고을은 늘 평안했다고 한다.

장군은 1617년 제15대 삼도수군통제사 겸 경상우도 수군절도사에 올랐고, 1621년 보국숭록대부(정1품)로 승진하고 제17대 삼도수군통제사 겸 경상우도 수군절도사직을 역임하다가 1622년 2월 28일 통영 진중에서 순직하셨다.

장군이 임진왜란을 맞이했을 때 나이는 30세, 돌아가실 때 나이 60이면 인생의 황금기를 전란으로 보냈다. 민족의 대환란 속에서도 무장으로서 혁혁한 공을 세우고 매우 빠르게 승진하는 운도 따랐다. 이것을 굳이 운이라고 할 수 있을지 모르겠다. 전사하지 않고 전투마다 승리했으니 말이다.

그럼에도 국민들 가슴 속에는 왜 정기룡이 없을까? 이순신 장군 보다 비교적 순탄한 인생 여정 때문이 아닐까. 백의종군과 그 초입에 어머니 별세, 장례도 치르지 못하고 임지로 떠나야 하는 눈물겨운 여정, 합천으로 향하는 여정을 소상하게 기록했던 자필 일기인 〈난중일기〉, 백의종군 중 하동과 진주 수곡에서의 활약과 재수임, 명량해전과 노량해전 그리고 적의 총탄에 맞아 순국, 그 순간에 남긴 말이라고 알려진 '나의 죽음을 적에게 알리지 말라!' 이 얼마나 극적이며 스토리가 충만한가. 인류 역사에 이런 인생 여정을 남긴 인물이 얼마나 될까?

그러기에 60전 60승의 승장 정기룡인들 난세와 고난을 겪었던 이순신을 넘을 수 없었다. 사람들은 혁혁한 공로나 성공담보다는 기구한 인생 여정과 난국을 뛰어넘는 굴절의 스토리를 더 기억하고 싶다. 그렇다고 그가 남긴 업적이나 공적조차 가벼이 볼 수 없다. 장군이 없었다면 육지에서 임진왜란은 어떻게 흘러갔을지 아무도 모를 일이다. 역사에 기억되느냐, 되지 않느냐는 운명이라 하더라도 장군이 민족사에 기여한 것은 역사보다는 하늘과 땅이 더 또렷이 기억할 것이다.

정기룡 연구가인 김회룡 씨에게 정기룡 장군을 한마디로 말해 달라고 요청했다. "조선시대 흙수저의 진정한 성공 신화를 일군 장군이라고 과감히 말하고 싶습니다. 한미寒微한 집안에서 태어나 지금 같으면 9급 공무원으로 출발하여 1급 공무원까지 진급한 상승 장군이자 지장, 용장, 인장, 덕장의 솔선수범한 진정한 리더이자 청렴한 공무원이었습니다."

시대의 화석이자, 지문을 새긴 작가 이병주

시대는 시대의 흔적을 남기는데 그것은 마치 화석이나 지문과 같다. 오늘을 살아가는 우리는 모두 이 시대의 화석이요 지문이다. 이 논리에서 벗어날 수 있는 사람은 아무도 없다. 시대라는 거대한 물결이 우리에게 화석과 지문이 되기를 요청하고 있기 때문이다.

이병주 선생은 누구보다 지문이 명확하게 새겨진 인물이다. 1921년 3월 16일 하동군 북천면에서 태어났다. 1933년 양보 공립보통학교, 1940년 진주 공립농업학교를 졸업하고 일본으로 건너가 1943년 메이지대학을 졸업했다. 이어 와세다대학 불문과에 진학했으나 학병으로 동원됐다. 그 후 중국 쑤저우 주둔 제60사단에서 해방될 때까지 학병으로 지냈다. 1945년 학병에서 풀려나 1948년 진주 농과대학 강사, 1951년 해인대학 교수로 근무하며 영어, 불어, 철학을 강의했다.

1953년 대학에 재직 중인 33살에 첫 장편소설 〈내일 없는 그날〉을 부산일보에 연재했다. 1955년 국제신보에 입사, 주필로 활동하면서 1961년 5.16을 비난하는 '조국은 없고 산하만 있다'라는 논설이 발단되어 '5.16 필화사건'으로 혁명재판소에서 10년 형을 받고 복역하기도 했다.

천재는 다작하게 되는지 모른다. 1954년 45세에 〈소설 알렉산드리아〉를 시작으로 타계하기까지 한 달 평균 1천 매 이상의 원고를 썼다고 한다. 〈매화나무〉, 〈쥘부채〉, 〈배신의 강〉, 〈망향〉, 〈여인의 백야〉, 〈패자의 관〉, 〈화원의 사상〉, 〈언제나 은하를〉, 〈변명〉, 〈예낭풍물지〉 등을 숨 가쁘게 발표했다. 드디어 1972년 〈지리산〉을 연재하기에 이른다.

일반적으로 소설이 작가적 상상력에 의한 것이라면 이병주 선생의 작품들은 작가적 상상력을 뛰어넘어 체험적 의식의 발로였다 할 수 있다. 시대는 이병주라는 인물을 선택 그 인물 위에 그 시대를 각인했고 이병주라는 인물은 작품을 통해 시대를 토해냈다.

그가 태어나고 전성기를 구가했던 시대는 일제강점기요, 6.25전쟁이요, 가난의 시대요, 군사정권의 태동기였다. 어찌 이를 넘어 이상적이며 관념적인 작품만 쓸 수 있었겠는가? 그러니 어쩌면 이병주는 그 자체가 시대의 화폭이 되어 찢기고 상처 난 역사를 그릴 수밖에 없었을 것이다.

하동 군민들은 이병주보다는 박경리에 더 가깝다 할 수 있다. 그 스토리의 전개 또한 민초적이며 우리의 일상과 더 가깝기 때문이기도 하다. 대작인 〈토지〉 하나가 군민들에게 더 친 하동 적이게 했을 수도 있다. 그러니이병주는 멀고 먼 곳에 있는 사람이기도 했다. 그의 작품마다 골짜기가 깊고도 위험하게 새겨져 있기 때문이다. 또한 독자가 불편하기 때문이다. 일반적으로 기.승.전.행복이라는 공식에서 어긋나기 때문이다. 일찍이 고향을 떠나 타국과 객지에서 전전긍긍했기 때문일 수도 있다. 고향 하동에 대한 그리움을 잘 표현하지 않았기 때문일 수도 있다. 말년에 군사정권과의 연결이 사람들의 뇌리에 깊이 박혔기 때문일 수도 있다.

반면 박경리 선생을 외형적으로 더 친근하게 여긴다. 모성애적인 감성에 끌렸을 수 있다. 선과 악의 대립에서 선이 승리하는 쪽으로 작품을 이어갔기 때문일 수도 있다. 첨예한 이념의 대립에서 어느 정도 비켜 서 있었기 때문일 수도 있다. 평사리라는 소설의 주 무대가 우리 동네였기 때문일 수도 있다. 그렇다 치더라도 이병주 선생은 생각보다는 군민들에게 너무 멀리 서 있었다.

선생의 타계 17년 만인 그의 고향 북천면에 이병주문학관이 건립됐다. 그제야 하동 사람들에게 이병주는 하동 사람으로 인정받게 된 것이기도 했다. 결국 그는 역사와 신화를 동시에 읽고 쓰고 그 스스로 역사와 신화의 인물이 됐다. 세상 어디나 음지와 양지가 병존하듯이 그 또한 스스로 음지가 되고 양지가 돼 역사의 한 페이지를 장식했다. '우리의 산하山河는 햇빛에 바래면 역사가 되고, 달빛에 물들면 신화가 된다'는 것을 그 스스로 증명해 보였다.

하동의 사마천 여재규

하동을 중심으로 하는 역사서 저술의 기원이라면 여재규의 〈하동군사〉
다. 그 후속 역사서라면, 이것도 하동군의 역사서라 할 수 있을지 모르지
만 〈하동군지〉다. 오롯이 관제 기록물이라 할 수 있을 것이지만 두 가지
다 큰 부분을 차지하는 것은 당시의 사회 상황과 통계에 관련된 것이다.
전반부에 선사시대부터 일제강점기를 거쳐 현대에 이르는 역사를 관통하
기는 하지만 당시의 제도나 산업과 경제, 행정과 치안, 정치와 같은 현실
세계 상황을 사실적으로 기록하고 있다. 전자는 1978년, 후자는 1996년
출간됐다.

하동 출신으로 일생을 〈하동군사〉 편찬에 몰입한 인물이 여재규 선생
이다.

선생은 1930년부터 사료를 수집 〈하동군사〉를 편찬하다 1950년 7월

27일 6.25 동란 때 모든 기록이 소실됐다. 그는 좌절하지 않고 아들과 다시 자료를 수집하여 1971년부터 편집에 착수, 1974년에 탈고하고 1978년 출간에 이른다. 출간비는 십시일반 모았고 참존화장품의 김광석 회장의 도움이 컸다. 첫 자료수집부터 출간까지 48년이 걸린 셈이다.

중점을 두고 편집한 것은 연혁과 전란사와 인물이었다. 인물은 가급적 많은 사람들을 수록하려고 애썼다. 다른 곳에는 이름을 올릴 수 없는 인물들을 군사에 남겨 그들의 삶을 기록하고 역사의 증인으로 삼고자 했을 것이다.

그는 하동역사 2천 년을 한 권에 기록하려 했던 가슴 넓은 사람이었다. 어느 한 곳도 간단치 않은 역사를 뜨거운 가슴과 차가운 머리로 써 내려갔다. 좁은 행간과 자간에 새겨진 것들까지 읽어 내려가다 그만 덥석 잡았던 책이 놓쳐지기도 했다. 2천 년 하동역사를 홀로 기록하려 했다니, 그 스스로 궁형을 자초하는 심정이었을 것이다.

한 사람의 생애를 쫓기조차 쉽지 않을 것인데, 한 고장의 역사를 국제정세와 나라 정세를 아울러 그 속에서 추려내고 차가운 것은 뜨겁게, 뜨거운 것은 차갑게 식히고 달궈 새겨낸 그 문체의 간결함과 명료함과 명징함에 흐트러졌던 나의 자세를 가다듬을 수밖에 없었다.

하동
사람

강직한 선비의 상징 조지서趙之瑞

조지서의 호는 지족당이다. 지족知足이란 '스스로 만족할 줄 안다'는 뜻이니 조지서 선생은 무엇을 스스로 깨닫고 만족했을까? 남명은 지리산 유람 마치고 돌아가는 길에 악양, 적량, 횡천을 지나 옥종에 접어들어 조지서 선생의 묘소를 찾는다. 남명의 지리산유람기 〈유두류록〉을 그대로 옮겨본다.

> "연산이 즉위하자, 감당할 수 없을 것임을 알고 창원부사 자리를 청하였다. 물러나서 은거한 지 10년이 되었는데도 화를 면하지 못하고 갑자사화 때에 몸은 저잣거리에 내걸리고 집은 연못이 되고 시체는 강물에 던져졌다."

조지서 선생은 과거시험에 세 번이나 장원한 인물이었다. 그가 태어난 마을의 이름인 삼장마을도 여기에서 나온 말이다. 조지서 선생은 세자(연산군)를 가르치는 시강원 보덕을 지내면서 세자에게 곧게 간언했다. 얼마나 간언이 강했는지 세찬 바람처럼 휘몰아치니 벽 너머에 있는 이들까지 오한으로 덜덜 떠는 병증이 생길 정도였다고 한다. 결국 세자가 왕위에 오르니 연산군이다. 남명은 '아버지가 장작을 쪼개 놓았는데 아들이 이를 짊어지지 못한다.'는 비유로 선왕들의 역량에 미치지 못함을 한탄했다.

조지서 선생은 결국 형장에 맞아 죽은 후 효수까지 당하고 시체는 능지처사까지 이르게 된다. 여기에 끝나지 않고 연산군은 뼈를 갈아 바람에 날리는 형벌인 쇄골표풍碎骨瓢風 형을 내려 결국 선생의 뼈는 한강에 뿌려지게 된다. 이를 알게 된 부인 정 씨는 한양으로 올라가 한강에서 하얀 속치마를 벗어 물에 담그고 그 젖은 치마를 정성스럽게 개어 돌아와 치마를 땅에 묻는 장례를 치르니 이것이 바로 오늘의 조지서 선생의 무덤이다. 그러니 조지서 선생의 무덤은 결국 정 씨 부인의 치마 무덤인 것이다.

조지서 선생의 묘소를 찾기는 쉽지 않다. 삼장마을 뒷산 고개를 지나 동곡마을이 내려다보이는 구릉지 형태의 산자락이다. 선생의 묘소 앞에 쪼그려 앉아 여쭈었다. 스스로를 아는 것은 무엇이냐고? 분수를 지키며 만족할 줄 아는 삶은 이런 결과를 가져오게 되는 것이냐고? 초개 같은 가르침을 조금만 내려놓고 달디단 훈계 정도로만 그쳤다면, 감언이설 정도는 아닐지라도 성인군자의 말씀만 내렸다면 군왕의 스승으로 존대받고 앞날도 기약할 수 있었지 않았겠느냐고?

산처럼 솟아 있기도 하고

강처럼 길게 연결되고

자주 범람하여 형상이 바뀌기도 하고

때로는 바다처럼 항상 그 모습으로

제2부

하동을 읽는
일곱 개의 창

하동 출신 정공채 시인은 그의 시 '불이하동不二河東에서 하동을 '삼포지향'
이라 명명했다. 탁월한 혜안이라 할 수 있다. 지리산과 섬진강, 남해가 품
고 있는 고장이라는 말이다. 누군들 이 세 가지가 하동을 감싸 안고 있다
는 것을 모를 사람 있을까? 하지만 이렇게 글자 몇 개로 이름을 짓고 규정
한다는 것은 다른 것이다.

네 글자가 띄우는 운율도 만만찮다. 시적이다. 사람의 이름도 함부로 짓
지 않고 여러 가지 뜻과 음과 운율까지 고민하는 이유가 여기에 있다. 강
동과 하동이 갖는 운율과 느낌이 다르듯 삼포지향은 하동과 맞아떨어지는
운명적인 결합이라 할 수 있다. 이를테면 강동군과 삼포지향은 이질적인
음파로서 서로 끌어안지 못하고 밀어내는 어감이지 않은가?

삼포지향의 골격인 지리산, 섬진강, 남해에 더하여 무엇을 하동을 보는 창으로 놓을까? 앞의 산, 강, 바다와 떼려야 뗄 수 없어야 한다는 것에는 이론이 있을 수 없다. 나의 다른 저서에서 이런 말로 글을 시작했던 적이 있다. "만약 하동에 다茶가 없다면?" 어느 고장에 '만약'이라는 말로 시작하면서 '만약 이것이 없다면'이라는 물음을 할 수 있는 것들이 얼마나 있을까? 단연코 하동에는 '차'로 그 물음을 물을 것이다. 만약 하동에 쌀이 없었다면, 고구마가 없었다면, 감이 없었다면…과 같이 하동의 다른 것들을 나열할 수는 있겠지만 그 물음에 걸맞은 답을 얻기는 쉽지 않다. 하지만 하동에 차가 없다면 하동은 지금 우리가 아는 하동이 아닌 모습의 하동이 됐을 것이다. 그래서 일곱 개의 창에 '다茶'를 먼저 꼽았다.

다음은 평사리다. 하나의 지명이요 동네 이름에 불과하지만, 이 마을이 속한 악양보다 더 지역을 포괄하는 대명사라 할 수 있다. 여기에는 이곳만의 특별함이 있기 때문이다. 국민 감성에 스며든 '무엇'이 있을 것으로 생각했기 때문이다. 무엇이든 담을 수 있는 대양 같은 넓은 품이 연상된다. 사람들의 뒷모습이 보이고 풍악 소리가 들리고 풀냄새 물씬 풍기는 향기도 느낄 수 있다. 평사리를 통하여 하동을 바라보는 창은 몽환적이기도 하다.

다음의 창은 화개장이다. 왜 하필이면 화개장이냐고 반문할지 모른다. 더 크고 지금도 성황을 이루는 하동장은 어떻게 하라고? 산, 강, 바다의 삼포가 키워낸 것이 아니면 하동의 창이 될 수 없음을 예고했던 터다. 화개장은 산악 문명과 바다 문명의 접점이었다. 일종의 경계이기도 했다. 경계는 막힌 곳이 아닌 만남이요 응집이다. 그런 면에서 화개장은 산과 바다의 접점뿐 아니라 수많은 만남의 장소다. 화개장에서 만날 수 없는 것은 세상 어느 곳에서도 만날 수 없다. 당신과 내가 그곳에서 만날 수 없으면 우리는 더 이상 만날 수 없을 것이다. 세상의 모든 문명, 모든 사람을 만날 수 있는 장소다. 무엇이든 녹여낼 수 있는 그곳, 일곱 개의 창으로 선택한 이유다.

선택에 가장 난제는 마지막 일곱 번째였다. 청학동 즉 이상향이다. 하동 군민에게 청학동은 상투를 틀고 하얀 두루마기를 입고 다니는 옛날식 사람들이 사는 동네 정도로만 각인 됐을 수 있다. 지금은 그 명맥조차 끊어진 관광지 중에 하나 정도로만 추락한 동네로 상상하기 때문이다. 하지만 보석은 산 중 깊은 곳에 숨어 있고 결코 길바닥에 나뒹굴지 않는 법이다. 청학동이 하동을 어떻게 보여줄까? 그가 가진 창은 얼마나 크고 어떤 모양새를 지니고 있을까? 공부하면 할수록 무게가 가중되고 쉽사리 열기 어려운 그래서 딱 맞아떨어지는 열쇠 찾기가 쉽지 않은 창이 내 앞을 가로막고 서 있다.

이 일곱 개의 창을 열어젖히고 하동 속으로 들어가고자 한다. 각각의 창은 그 홀로의 독특한 창이기도 하지만 하나를 열지 않으면 다음의 창을 열

하동학 개론

수 없는 연결의 문이기도 하다. 하나로만 열 수 없고 그 홀로 열 수 없음은 당연지사다. 그렇다고 우선순위를 굳이 매길 필요는 없다. 모두 연결되어 있으니, 어디서부터 열든 다음 문으로 들어갈 수 있는 길을 만날 수 있다. 하지만 좀 더 자연스러운 연결고리를 찾아 순리대로 열 수 있다면 하동은 더 맑게, 넓게, 멀리 볼 수 있지 않을까.

백사장이 살아 숨 쉬는 섬진강, 왕시루봉이 손짓한다

제1장

섬진강

섬진강

산은 강을 잉태시키고

강의 시원, 나는 그것이 궁금했다. 결국은 강의 시원은 산이었다. 자궁 같은 작은 웅덩이에서 6백 리 강을 잉태시켰다. 우리나라 4대강 중 금강과 섬진강의 발원지는 사실상 같은 지점이다. 섬진강의 발원지는 전라북도 진안군 백운면 팔공산자락, 금강 발원지는 팔공산 너머 장수군 장수읍 수분리다. 두 지점의 거리는 직선으로 그으면 5킬로미터 정도, 사실상 같은 허리에서 태어난 형제라 할 수 있다. 차라리 데미샘과 뜬봉샘은 같은 부모 아래 태어난 일란성 쌍둥이다. 이 사실을 발견한 후 가슴이 먹먹했다. 꼭 우리네 부모님들과 닮았기 때문이다. 자식을 위해서라면 모든 것을 희생하신 우리의 부모님들이 눈에 아른거리는 듯했다. 데미샘을 가 보면 그곳에서 섬진강이 잉태했다는 것이 감동으로 밀려온다. 뜬봉샘은 더 그렇다. 아예 산이라 할 수 없는 나지막한 곳이다.

나의 부모님은 육신의 그 진액 다 쏟아 자식들을 키우셨다. 데미샘을 가 보면 언제나 물이 고여 있다. 그렇다고 철철 흘러넘치는 경우는 없다. 마르지 않을 정도다. 이 작은 웅덩이에서 강은 발원한다. 212킬로미터를 달려오면서 강은 수많은 지류를 만난다. 제1지류, 2, 3지류와 같은 것들인데 4, 5, 6지류도 모르긴 모르되 존재할 것이다. 그것뿐 아니다. 7, 8, 9 ... 더 작은 실개천도 섬진강의 지류로서 당당히 존재한다. 더 나아가면 빗방울 하나, 눈송이 하나, 이슬 한 방울도 섬진강의 엄연한 지류다. 수억만 개의 지류가 모여 하나의 강이 되는 것이다.

　하류로 오면서 남원의 요천, 곡성의 보성강, 하동의 화개천 등이 제1지류로 응답한다. 이들 제1지류를 일컬어 숫강이라 한다. 옆구리를 쿡 찌르고 합류한다고 해서 불린 이름이다. 숫강을 만날 때마다 본류의 강은 몸집이 불어난다. 특히 홍수가 질 때는 숫강의 합류로 강물이 불어나 지역을 물바다로 만드는 경우가 허다하다. 하동으로 달려온 섬진강은 풍만한 모습의 강이 된다. 산달이 된 산모처럼 모든 것을 다 아우르는 성품도 지녔다. 그래서 태어난 것이 백사장이다. 이에 따라 하류로 내려갈수록 강폭은 넓어지고 유속도 느려진다.

　섬진강을 잉태한 팔공산은 높이가 1,151미터다. 1,915미터 높이의 천왕봉 그의 아우뻘인 하동의 형제봉 1,115미터와 크게 다르지 않다. 토끼봉 1,534, 벽소령 1,350미터 등 고봉이 즐비한 하동의 산세는 섬진강에 물을 보탠다. 끊임없이 남하하던 섬진강은 구례에서 오산을 만나 급격히 동쪽으로 휘감는다. 그러다가 얼마 가지 않아 노고단을 만나니 다시 남으로 그 방향을 결정하는데 이 두 산이 없었다면 하동은 섬진강을 만나지 못하는 운명에 처하게 되었을 것이다. 하동이라는 그 이름조차 영원히 태어나지 못했을 것임이 틀림없다. 산은 강을 잉태하고 강의 운명을 가른다.

섬진강

섬진강, 이라는 이름

섬진강처럼 많은 이름은 가진 강이 또 있을까? 변화무쌍한 지형을 따라 흐르면서 자연스럽게 생겨난 이름들이다. 대략 상류로부터 하류에 이르기까지 불린 그의 이름을 거명해 보자. 오원천, 적성강(진), 화연, 연탄, 순라진, 방제천, 압록진, 진수진, 순자강, 용왕연 그리고 두치진, 다사강, 섬진강이다. 천川, 진津, 연淵, 탄灘은 그 한자 뜻에서와 같이 도랑 또는 내, 나루, 웅덩이 또는 소, 모래톱 등 그 지역을 흐르는 섬진강의 형태를 이름한 것이다.

섬진강 발원지 데미샘 아래 진안군 백운면 고원을 흐르는 강은 사실 강이라 부르기에는 머쓱한 면이 없잖다. 내 표현으로 한다면 어머니 옷고름 같이 가냘프고 가는 강이다. 천川이 더 어울린다고 할 수 있다. 그곳 사람들도 굳이 섬진강이라 부르지 않을 듯하다. 그래서 전라북도 진안군 성수면 좌포리와 용포리를 흐르는 강의 이름을 오원천五院川이라 하며 순창군 적성면 지역을 흐르는 강을 적성강(진)으로 불린다. 임실을 지나 순창과 곡성으로 들어오면 비로소 폭이 넓어지고 강의 형태를 갖춰가기 시작한다. 이곳에서는 작게나마 모래톱이 형성되어 저탄, 연탄과 같은 이름이 생겨났다. 구례를 지나면서 강은 좀 크게 휘감아 돌기 시작한다. 용왕연龍王淵은 바로 하동과 구례가 만나는 지점의 강을 일컫는다는 사실이 대동여지도 등 여러 문헌에 표기돼 있다.

  하동에 들어오면 강은 진정한 강이 된다. 이름하여 두치강, 다사강이 되고 드디어 섬진강에 이르는 이름의 대장정도 마감이 된다. 두치강豆恥江은 하동 지역의 두치진豆恥津이라는 나루터에서 온 것이기도 하다. 다사강多沙江은 삼국시대에 하동군을 다사군多沙郡으로 불렀던 것에서 연유된다. 결국 섬진강蟾津江으로 종결되는데 고려 말 우왕 때 왜구가 강의 하구로 침입하자 수십만 마리의 두꺼비 떼가 울부짖어 왜적을 물리쳤다고 하여 생겨난 이름이다. 이때부터 두치강이 섬진강이라 불리게 되었다. 결국 하동에서 부르는 강의 이름이 오늘날의 섬진강으로 자리하게 된 것이다. 이런 사실들은 조선 후기 〈연려실기술燃藜室記述〉에서 상세히 기록하고 있다. 하나의 이름으로 불리는 섬진강보다는 이처럼 지역마다 다른 이름으로 불리는 것에서 친밀함이 느껴진다. 내 것이 네 것이요 네 것이 내 것인, 그래서 모두 우리의 것인, 그런 강이 섬진강이다.

나루터, 삶을 실어 나르다

지금은 형태조차 없지만 하동과 광양의 섬진강 변 마을들에는 나루터가 어김없이 있었다. 화개나루는 남도대교가 건립되기까지도 '성업 중'이었다. 남도대교가 2003년 개통됐으니 적어도 2003년까지는 화개나루는 운영됐었다. 그 아래로 화개면의 중기, 악양면 외둔과 개치, 하동읍의 흥룡, 호암, 서해량 그 아래로 상저구와 하저구는 모르긴 모르되 광양 쪽 나루와 하루에도 몇 번씩 나룻배가 운행했었음에 틀림없다.

지금도 마을 소식을 전하는 최고의 매체는 아침과 저녁마다 울리는 마을 앰프 방송이다. 이장은 탁월한 스토리텔러로 이들이 전하는 소식은 주민들에게는 긴요한 생활의 필수품과 같다. 가만 들어보면 행정기관에서 전하는 뉴스도 있지만, 마을의 대소사도 어김없이 전달된다. 누구누구 집에 초상이 났다든지, 오늘 어느 영감님의 팔순 잔치라 자녀들이 음식을 대접

한다든지, 김서방네 소가 집을 나갔다는 것과 같은 것들이다. 이런 뉴스는 강 건너까지 어김없이 전해지는데 강도 가로막을 수 없는 것들이다.

소설 〈토지〉를 읽어 보면 마음 헤픈 용이는 장날마다 나룻배를 타고 읍 내로 가서 연인 월선을 만난 후 다시 다음 날 아침 일찍 나룻배를 타고 올라오곤 했다. 나루터 이름은 거명되지 않았지만 개치나루터나 외둔나루터가 확실하지 싶다. 2004년 〈토지〉가 드라마로 방영될 무렵 화개면 신기마을 앞에 임시 나루터를 만들고 나룻배도 띄워 놓았다. 물론 주막도 지어 그럴듯한 모습이었다.

김회룡 선생이 정리한 하동의 섬진강 옛 나루터 이름과 그 나루터가 위치했던 장소는 다음과 같다.

화개너리(화개면 원탑마을), 던실너리(화개면 영당마을), 도탄너리(화개면 상덕마을, 악양정 앞), 새터너리(화개면 신기마을), 용두너리(화개면 검두마을), 둔촌너리(악양면 외둔마을, 삽암 근처), 범포너리, 개치너리(악양면 개치마을), 뱃석너리(하동읍 흥룡마을), 범바구너리(하동읍 호암마을), 선장너리(하동읍 선장마을), 돌팀너리(하동읍 신촌마을), 만지너리(하동읍 만지마을), 두치너리(하동읍 두곡마을), 해량너리(하동읍 동해량), 원동너리(하동읍 광원마을), 새터너리(하동읍 상저구), 문도너리(하동읍 목도리), 신방너리(고전면 신방촌), 당너리(고전면 월진마을), 고포너리(금성면 용포마을), 사포너리(금성면 고포마을), 서근너리(금성면 서근마을), 나팔너리(금성면 나팔마을), 소근포(금성면 광포마을) 등 모두 스무 세 개의 나루가 있었다.

　모르긴 모르되 강 건너 전라도 광양의 다압과 진월에도 이와 비슷한 숫자의 나루가 있었을 것이다. 나루는 섬진강을 종으로 운행한 것은 물론 횡으로 양 지역의 가교역할을 했음이 분명하다.

섬진강

하동의 짠맛 하동 여인의 억척스런 삶의 징표, 재첩

여행자들이 하동에 오면 당연히 찾는 것은 재첩국이다. 유월 무렵 재첩은 제맛을 내기 시작한다. 어릴 적 먹었던 음식은 입맛을 길들이는데 나의 유년 시절 지금의 신기리 상저구와 하저구에서 잡은 재첩을 끓여 동이에 이거나 리어카에 싣고 동네를 다니며 파는 아주머니들이 있었다. 내 기억에서 이분들이 지워지지 않는다. 춘궁기였을 것이다. 보리밥조차 먹기 어려웠을 시기에 뜨거운 국물을 머리에 이고 십리 길을 걸어와 동네를 다니며 재첩을 보리나 쌀로 바꿔 끼니를 때웠을 사람들, 물물교환했던 시절이었다.

재첩은 주로 5월 무렵에 시작 10월 말까지 잡는다. 제맛을 내는 재첩이 생산되는 곳은 신방 촌에서 하동송림 구간인데 특히 상저구와 하저구는 대한민국 최대의 재첩 주산지다. 이곳은 모래가 잘 발달해 재첩이 서식하기에 천혜의 조건을 갖추고 있다. 재첩은 번식이 왕성해서 모래에 살포시 스며들어 하룻밤 새 첩을 두 번이나 볼 수 있다는 얘기다. 하지만 섬진강에 모래가 과다하게 퇴적되다 보니 재첩이 물을 먹지 못하고 모래 위에 노출되는 생태계적 어려움에 직면하기도 했다. 이에 따라 근년에 모래를 상류로 이동하기도 했는데 이도 역부족이었다. 2022년 무렵에는 아예 하동읍 인근 섬진강에 생긴 모래섬 자체를 모두 반출해 내는 대역사가 감행됐다. 이 모래섬은 홍수 시 유수를 방해하고 재첩 서식도 어렵게 하는 등의 문제가 제기됐지만, 생태계적으로 볼 때 그대로 두는 것과 제거하는 것을 두고 십수 년 이상 설왕설래 했었다. 결국은 2022년 광양시와 하동군은 모래톱을 제거하기에 이르렀다. 이런 거대한 모래톱 제거 작전은 생태계적인 문제를 건드리기도 했지만 결국 재첩 수확을 두고 고민한 흔적이 역력하다.

재첩은 섬진강과 하동을 대표하는 먹거리다. 먹거리는 먹거리만으로 끝나지 않는다. 음식은 지역을 대표하기 때문이다. 하동 사람들은 재첩에 인이 박혀 있다. 굳이 일상에서 재첩을 자주 먹지 않을 수 있지만, 재첩의 간간한 소금기는 하동 사람들의 강직함을 키워냈다.

섬진강

강의 일생, 사람의 일생 그 닮은 꼴

인간에게 생로병사가 있듯이 강도 마찬가지로 탄생과 성장을 거쳐 그 몸이 바다로 화한다. 사람의 생로병사와 닮았다. 강은 발원지가 있는데 섬진강의 경우 전북 진안군 데미샘, 금강은 전북 장수군 뜬봉샘, 영산강은 담양군 용소, 낙동강과 한강은 각각 태백시 황지와 검룡소라고 알려져 있다.

지금껏 마흔 번 넘게 다녀온 섬진강 발원지 데미샘은 팔공산자락 중턱에 있다. 손바닥보다 조금 더 큰 웅덩이, 이 웅덩이가 섬진강의 시원이다. 어머니 자궁에서 인간이 잉태하듯 이 작은 웅덩이에서 잉태한 강은 어머니 옷고름처럼 가늘고 굽이굽이 돌아 실개천을 만든다. 실개천도 잠시 산을 감고 언덕을 넘고 또 다른 실개천을 만나 제법 늠름한 강으로 성장하는데 이런 모습으로 갖춰지기까지는 50여km를 달려야 한다. 사람으로 치면 초등학생 정도 된다. 진안군 마령면 정도의 위치다.

강의 모습이 점차 갖춰지고 더 힘차게 달려 강은 임실과 순창을 경계 짓는 곳에 이르러 잠시 쉬어간다. 옥정호에 몸을 담근다. 옥정호는 섬진강댐으로 생겨난 인공호수다. 인공호수로 인해 수많은 동네가 수몰되는 아픈 상처가 갇혀 있다. 쉼과 위로가 있다면 정반대의 상태도 있음을 우리는 늘 기억한다. 섬진강댐에서 강물은 낙하하는데 그 물의 세기로 물이 닿는 강바닥의 돌은 거센 수마에 부딪쳐 칼처럼 날카롭다. 그러나 강물은 세월을 탓하지 않는다. 결코 이웃을 탓하지 않는다. 이즈음의 강은 인생으로 치면 군 복무를 마치고 직장을 잡고 결혼도 하고 아이까지 생겨 삶이 북적거리는 시기다. 섬진강처럼 거센 물에 자신의 몸이 깨지고 칼날처럼 날카롭게 되더라도 결코 이웃과 세상을 탓하지 않는 강을 닮았다면 무엇을 더 바랄 것인가?

잠시의 도전을 뒤로하고 강물은 임실 덕치를 지나 순창으로 접어든다. 다시 맞이하는 평화의 시간이다. 우리는 평화나 행복을 잘 기억하지 못한다. 차라리 인생은 아픔과 고통과 불행과 더불어 살아가는 것으로 여긴다. 현재 맞이하는 평화를 평화라 인식하지 못하는 경우도 있다. 이곳은 말 그대로 고향의 정취를 느끼기에 부족함이 없는 곳이다.

강물은 흐르다 수많은 협곡을 만난다. 크고 작은 지류를 만나기도 한다. 이들을 어김없이 품어준다. 때로는 그 협곡과 지류들이 가지고 온 황토물을 품기도 하지만 갈수기에는 내장 같은 모래톱과 바위와 강물에 자라는 온갖 식물들을 드러내기도 한다. 배고파 허기를 채우지 못해 등과 뱃가죽이 붙은 우리네 부모님을 뵙기도 한다.

우리 어머니는 내 어릴 적에 이웃집에서 맛있는 음식이 오면 늘 자식들을 먼저 먹이셨다. 혹시 고기라도 있으면 당신은 소화가 안 된다고 하시며 우리만 챙겨 먹이셨다. 강도 그렇다. 세상 만물 모든 것들을 품어 안는다. 홍수조차 품어야 하고 속까지 다 드러나는 갈수기도 겪어야 한다. 장년기의 강은 풍만해진 모습이다. 너른 백사장을 만들어 내기도 한다. 백사장에서는 남녀노소 아이가 된다. 그런 삶의 풍미를 즐길 줄 알고 베풀 줄 아는 세대다.

결국 6백 리, 바다와 강물이 만나는 접점에 이른다. 멀리 남해 태평양이다. 영원한 고향, 언젠가는 우리가 가야만 하는 곳이다. 뒤돌아보면 험한 세월을 살았다. 그러나 모두가 행복이었고 보람이었다. 강과 바다의 경계에 서서 우리는 그렇게 회상하면 좋겠다. 강은 시작이 있으면 반드시 끝이 있다는 것을 가르쳐준다. 시작과 끝 사이에 겪게 되는 운명적인 일들을 강은 세상과 이웃을 탓하지 않고 받아들인다.

섬진강

나를 키운 팔 할

당신을 키운 팔 할이 있다면 무엇이라 말하겠는가? 어떤 이는 바람, 이슬, 어머니, 은사, 친구, 고향... 무수한 답변을 내놓을 것이다. 강의에서 가끔 물어본다. '당신을 키운 팔 할은 무엇이냐고?' 아쉽게도 쉽게 대답하지 못한다. 꼭 팔 할이 아니어도 좋다는 건 누구나 알 것이다. 얼마나 자신의 삶에 절대적 영향을 미쳤는가를 묻는 것이다. 이 책을 읽는 당신에게 다시묻는다. 당신을 키운 팔 할은 무엇인가? 당신의 꿈이 무엇이냐는 물음에 3초 이내에 답하지 못하면 꿈이 없는 것이라고 한다. 이 역시 즉시 답해야진정으로 가슴에서 우러나오는 답변일 수 있다.

나를 키운 팔 할은 섬진강이다. 인생 여정을 그대로 닮은 강, 언제나 볼수 있지만 있는지 없는지조차 가늠할 수 없이 늘 그대로 있는, 마치 공기처럼 있으되 감사하지 않는 대상, 나는 나를 키운 팔 할을 섬진강으로 삼는다. 누가 물어도, 언제 어디서 물어도 그렇게 답할 것이다. 엄마 따라 읍내 시장으로 갈 때 처음 만나, 나의 청년 감성을 키웠고 내가 생각해 내는 대부분은 그것을 통해서 통찰해 냈으며 내가 상상하는 대부분은 발아제인 강을 통해서 추출됐다. 내가 쓰는 글, 사진의 프레임도 결국은 나의 팔 할, 섬진강이 손에 잡혀 주었다.

운명이라는 것, 시작이 있으면 반드시 끝이 있고 그 여정은 순탄치 않다는 것, 상선약수上善若水라는 말, 세상은 강물을 거슬러 올라가는 듯하나 결국은 누군가 만들어 놓은 질서에 의해 강물처럼 높은 곳에서 낮은 곳으로 흐르게 될 것이다. 이러한 사실을 너무 일찍 깨달아 애 어른처럼 소년 철학자가 된 사람도 있지만, 늦깎이 시절에 무릎을 치고 깨닫는 것도 그리 나쁘지 않다.

깨달음에는 자기만의 시간표가 있다. 언제 깨닫는지는 하늘이 맺어준 운명이다. 하지만 적어도 마흔쯤에는 자신을 키운 팔 할이 무엇인지를 깨닫기를 희망한다. 그것이 섬진강이면 얼마나 좋을까. 그것 또한 자신의 운명이니 더 말할 나위가 없다. '일생에 꼭 한 번은 섬진강을 만나 보라!'라고 권유해 볼 뿐이다.

섬진강 문학

섬진강문학이라는 게 있을까? 있을 법도 하고 없을 법도 하다. 굳이 섬진 강문학이니 하동문학이니 지리산문학이니 라는 명칭을 붙여도 될지 모르 겠다. 최영욱 시인과 김남호 시인, 하아무 작가가 공저한 〈한국현대문학과 하동〉라는 책이 있다. 여기서조차 '하동문학'이나 '섬진강문학', '지리산문 학'이라 말하지는 않았다.

하지만 굳이 '섬진강문학'이라 제어를 내놓고 쓰려고 하는 이유는 섬진 강이 가진 문학적 토양과 그 속에 있는 성분 때문이다. 〈한국현대문학과 하동〉을 하나의 샘플이라고 가정해 보자. 의도적으로 섬진강이나 지리산 만 꼽아서 발췌한 것이 아니니 나름의 객관성이 담보된 것이라 본다. 제시 된 시 38수 중 섬진강을 소재로 한 시가 12수, 지리산 소재 시가 17수, 기 타가 9수다. 이들 38인의 시인 중에 하동 출신이라 할 수 있는 시인은 고작 예닐곱 명뿐이다.

　섬진강문학이라면 섬진강을 소재로 쓴 시일 수도 있고 섬진강이 은유적으로 내재한 작품일 수도 있다. 어떤 통계기법이라도 있다면 우리나라 시들 중에 섬진강을 소재로 쓴 시를 집계한다면 얼마나 될까? 어리석은 일이기도 하다. 숫자에 연연하다니.

　섬진강은 그럴 것이다. 깊고 넓은 저수지, 태곳적 힘을 지닌 태백의 어느 탄광, 이런 것들 아닐까? 저수지는 그 저수지 자체에 의미가 있지 않고, 염전은 염전 그 자신을 위해 존재하지 않듯 저수지의 물이 기나긴 수로에 실려 산 너머 평야에 물을 대고 태양이 작열하는 염전에서 오랜 시간 숙성된 소금은 대륙을 넘나들 듯, 이 동토와 같은 시대에 수맥을 형성하고 무미건조한 인생에 짠맛을 우려내며 차가운 냉기 서린 대지에 온기를 더하는 원천임을 자각한다.

　그렇기에 섬진강문학이라 할 수도 있지만 아닐 수도 있다. 아니라 해도 그것은 섬진강이 근원이며 마치 섬진강의 발원지 데미샘과 다르지 않다. 이것이 하동에 문학관이 몇 개요 문인이 몇 명이며 하동 소재 시와 작품이 얼마라고 산술적 통계치보다 훨씬 더 하동을 하동답게, 섬진강을, 지리산을 그답게 할 것이다.

섬진강과 지리산이 가진 그 문학적 토양은 그대로 하동 사람 뿐 아니라 사방에서 찾아오는 사람들을 적시고 그들의 땅으로 돌아가 그들의 땅뿐 아니라 이웃의 심성조차도 섬진강으로 물들이고 지리산의 기운을 덧입히게 되는 것은 당연한 일이다. 사람은 감동을 그냥 숨기지 않는 습성을 지녔기 때문이다.

섬진강

들물과 날물이 백사장을 씻는다는 것은

태양과 지구와 달은 삼각관계다. 서로 밀월의 사이다. 이 셋이 밀고 당기는 사랑의 삼각관계가 우주원리로 잉태된다. 그 밀월의 힘은 바다에서 시작, 강으로 거슬러 올라오는데 이것이 밀물이다. 섬진강은 시각적으로만 볼 때 하동읍 선장마을 정도까지는 밀물로 바닷물이 역류하는 모습을 일상적으로 관찰할 수 있다. 그 이상의 상류 지역은 사람의 눈으로 관찰하기는 쉽지 않으나 생태적으로 볼 때는 훨씬 상류로 올라간다고 할 수 있다. 물론 증명은 할 수 없지만 모르긴 모르되 데미샘까지 연결되지 않을까.

역사적으로 볼 때에도 이런 기록은 여러 곳에 살아 있다. 〈연려실기술〉에도 "화개 서쪽 경계에 이르러 용왕연이 되는데, 여기는 바닷물이 들어오는 곳이다. 또 광양 남쪽 60리에 이르러 섬진강이 되는데, 그 동쪽 언덕은 바로 하동의 악양으로서 동남쪽으로 흘러 바다로 들어간다. 고려 때에는 이 물을 거슬러 흐르는 3대강의 하나라 하였고, 이름은 두치강이다."라고 기록하고 있다.

강에도 수강과 암강이 있다 해서 본류를 암강, 제1지류를 수강이라 부르지만 이런 생리현상은 강과 바다와의 관계에서도 발견할 수 있다. 일종의 생태원리이자 창조원리다. 태초에 사람도 남자와 여자로 창조했듯이 자연 만물이 음과 양, 양과 음으로 구분돼 상호작용을 한다.

그렇다면 바닷물은 '암물'이라 하고 강물은 '숫물'이라 할 수 있겠다. 이 두 물이 밀고 당기는 중력이 백사장을 씻기고 재첩을 밀어 올리고 바다의 염기를 내륙 깊은 곳까지 밀어 올린다. 하루 이틀만의 일이 아니고 지구와 달이 생존하는 동안 그렇게 해 왔고 앞으로도 그렇게 해낼 끝없는 작용이다. 이 사이에서 수많은 생물이 잉태하고 생육하고 번성한다. 재첩은 그 작용에서 잉태되는 하동의 대표적인 생물이다. 이 숫물과 암물이 적절한 비율로 만나 서로 사랑을 하는 지점에서 최고의 우량 재첩이 탄생되는데 하저구부터 하동 송림 구간이다. 인체로 치면, 자궁 깊숙한 곳이기도 하고 신비스러운 장소이기도 하다.

우리나라의 4대강 중에 이런 우주의 신비스러운 작용이 제대로 작동하는 곳은 섬진강이 유일하다. 낙동강, 영산강, 금강은 모두 하구언에 막혀 숫물이 기능할 수 없다.

인간은 도시화로 식수나 농업용수와 같은 생존의 문제에 부딪히자, 인위적 불임수술을 감행했다. 강물과 바닷물이 영원히 조우하지 못하게 담장을 쳐 놓아 생태계는 교란되고 더 이상 다양한 생명 잉태의 자궁이 되지 못하게 만들어 놓았다. 섬진강은 행운이라면 행운이다. 주변에 대도시가 없다는 것, 대규모 농지가 조성돼 있지 않다는 것, 다른 강들에 비해 비교적 일찍 댐이 구축돼 유지 수량이 적어 하류의 수자원을 인위적으로 납치할 필요가 없게 됐다는 데 그 원인이 있다. 섬진강이 4대강이 되지 못한 것도 길이만 보면 4대강이지만 이런 자격조건이 미달 돼 4대강 사업에서 제외됐다.

우리는 이 훌륭한 악조건? 속에 있는 섬진강이 얼마나 자랑스러운지. 우리가 잠자는 사이에도 밀어를 속삭이며 행복에 겨워하는 모태의 강을 바로 지척에 두고 있음에 얼마나 풍요로운지. 그것이 우리의 섬진강임에 감사한다.

섬진강

세상은 역행하고 강은 순행하고

가장 아름다운 것은 물이 높은 곳에서 낮은 곳으로 흘러가듯 하는 순리, 이를 선인들은 상선약수上善若水라 했다. 과학기술의 발달로 물은 반드시 위에서 아래로 흐르지 않을 수 있지만 그래도 순리는 물은 위에서 아래로 흐르는 것이다. 이를 순행이나 순리라고 하자. 자연은 순리를 만들어 내는 근원이자 순리대로 움직이는 작용과 반작용이다. 봄, 여름, 가을과 겨울의 순서는 일종의 순리다. 거스를 수 없는 순리다. 봄이 오면 이파리가 나고 여름에는 우렁찬 장마가 오고 가을이면 낙엽이 지고 겨울이면 긴 동면에 들어가는 것도 일종의 순리요 순행이다.

자연이라고 늘 인간이 바라보는 대로의 순리만 따르지 않는다. 때로는 겨울에 장마처럼 비가 올 때가 있고 여름에 가뭄이 들 때도 있다. 봄에도 눈이 내리는가 하면 가을에 이른 추위나 늦더위까지 기승을 부리는 경우도 가끔은 있다. 홍수가 온 산하를 할퀴어 놓는가 하면 폭풍우로 집을 날려 보내기도 한다. 인간이 볼 때 이는 자연의 역행이라 할 수 있다. 하지만 자연의 눈으로 자연만으로 볼 때는 이것 또한 순리다. 인간 측면에서만 볼 때 역행이지만 말이다.

강을 발원지에서부터 걸어서 바다까지 가 보면 강은 철저하게 순리를 따른다. 오로지 낮은 곳으로만 흐른다. 강이 흐름을 중단하고 한 곳에 집중되는 곳은 인간이 만들어 놓은 댐에 의해서다. 한동안 흐르기를 중단하고 가둬진 물이 갑자기 방류되면 수십 미터 낭떠러지로 떨어진다. 여기에서부터 역행이 시작된다. 물은 아래로 떨어지지만, 인위적으로 가둬지고 방류되는 물은 자연에 역행한다. 인간적인 측면으로만 보면 순행이다. 농업용수로, 음용수로 사용할 수 있기 때문이다. 하지만 이에 따라 자연이 입는 손해는 말할 수 없을 정도다.

임실에 막아 놓은 섬진강댐은 일종의 인간으로 볼 때는 순행이지만 자연의 입장으로만 보면 분명한 역행이다. 하류에 미치는 폐해는 막심하다. 자연생태계는 교란되고 파괴됐다. 인간은 자연과 생태계가 입는 피해는 별로 생각지 않는다. 댐 밑에 있는 돌들과 바위는 모두 칼날처럼 날카롭다. 홍수 철에 급히 방류한 거대한 폭포수가 바위를 칼로 만들어 놓았기 때문이다. 나무들도 모두 남쪽으로 쓰러져 있다. 겉으로 볼 때는 자연의 역행 같지만, 알고 보면 인간의 역행 탓이다.

비록 소설이지만 〈토지〉의 인물들은 인간이 역행하는 모습의 상징성을 지닌다. 윤 씨 부인과 김개주, 구천이와 별당 아씨, 서희와 길상, 용이와 월선과 임이네, 길상과 봉순, 조준구 일가, 김평산과 귀녀, 칠성이와 강포수와 귀녀, 최치수와 김평산...소설은 역행으로 치닫는다. 그 곁에 있는 섬진강은 이들의 모습을 묵묵히 바라만 보고 있을 뿐이다. 소설 속에서 섬진강은 단지 평사리 사람들을 읍내로 실어 나르는 소리도 없고 신음도 없는 등짐장수로만 존재한다. 섬진강은 있어도 없는 듯했다. 관찰자인 작가 박경리는 섬진강의 냉정을 소설 속 인물들의 열정과 대립시켰다. 순리와 역행을 한 순간 한 순간, 한 뼘 한 뼘 지문처럼 기록하려 했다.

섬진강의 지류들은 끊임없이 본류를 향하나 인간은 역류를 통해 지류조차 덮친다. 섬진강은 흘러 태평양 바다에 이르고 인간은 결국 죽음에 이른다. 하지만 어찌 된 영문인지 내 귀에는 섬진강이 외치는 소리가 쉼 없이 들린다. 강물처럼 순행하라고. 순리를 따르라고.

결국은 그렇다. 우리의 인생은 자신만의 강물에 기록될 것이다. 태초부터 흘러오고 있는 강, 세상의 마지막까지 흐를 강, 서희와 길상이와 용이와 월선이를 실어 날랐던 그 강물의 등짝 위에 우리도 기록될 것이다. 인간의 역행은 언젠가는 자연의 순리에 함몰될 것이라고. 강의 순리에, 우주의 섭리에 휩쓸려 내려갈 것이라고. 그것이 인간의 순리라고. 그 순리의 상징성 섬진강을 우리는 지척에 두고 있다. 소리 없이 밤낮으로 흐르는 그 강을.

형제봉 활공장에서 바라보는 천왕봉과 주능선

제2장

지리산

지리산

지리산 남쪽이라는 것의 의미

하동이 지리산의 남쪽에 자리하고 있다는 것은 퍽 다행스러운 일이다. 지리산은 동으로는 산청, 북으로는 함양과 남원, 서로는 구례가 자리하고 그 남쪽을 하동이 차지하고 있다. 다 같은 지리산자락이지만 남쪽이라 더 특별한 것이 있다. 우선 남쪽 지리산은 따뜻하다. 겨울에 지리산 자락 하동은 그 차가움의 결이 다르다. 짜릿한 북풍한설도 정겹게 느껴진다. 거센 바람도 용서가 되고 그 차가움이 왜 그런지 이해가 된다. 이 정도 하다가 말아 줄 것이라는 기대가 있다. 차가움이 이해되지 못할 것처럼 옹골차지 못하다.

한국인에게 남쪽은 안정적이며 평화를 사랑하는 곳이라는 흔들리지 않는 믿음이 자리하고 있다. 1987년 1월 15일 김만철 가족 일행이 청진호를 몰고 청진항에서 탈북하다 동해의 공해상에서 기관 고장으로 표류했다.

일본 순시선에 예인 돼 후쿠이 항에서 북한도 남한도 아닌 제3의 장소인 '따뜻한 남쪽 나라'로 가기를 희망한다고 말했다. 결국 남한 정부의 설득으로 김 씨 가족의 따뜻한 남쪽 나라는 대한민국이 됐다.

 1948년 발표된 '고향초'라는 노래는 국민가요가 됐었고 2003년 발표된 송대관의 '고향이 남쪽이랬지'는 아예 사랑하는 사람의 고향을 남쪽으로 규정했다. 그래서 늘 남쪽으로 떠난 임을 생각하며 향수에 사로잡히듯 남쪽을 갈구했다.
 하동은 지리산의 정남에 위치한 곳으로 따뜻한 '남쪽 나라'로 불러도 무방한 곳이다.

지리산

산은 지리산이라 백운산이라 나누지 않는다

2012년 섬진강을 종주한 다음 해 지리산 둘레길도 돌아보고 싶은 마음이 간절했다. 더군다나 내가 사는 집의 대문은 곧장 지리산 둘레길과 연결되니 늘 둘레길을 걷는 것이나 다름없다. 약 1년 3개월여 만에 완주하고 홀로 지리산 종주에 나섰다. 지리산에 산다고 하면서 지리산을 너무 모른다는 자책감이 나를 감싸고 있었던 당시였다. 이미 둘레길 완주를 한 터였으니 지리산의 큰 그림은 뇌리에 자리하고 있었다. 이제 종주만 한다면 지리산을 향한 큰 숙제는 마무리할 것이라는 기대였다.

지리산 종주 길은 전라남도에서 시작 전라북도와 경상남도 3개 도를 모두 아우르는 대장정이기도 하다. 그래서 삼도봉이라는 봉우리도 있다. 종주 길에 서서 천하를 조망해 보면 마치 산이 바다로 화하여 물결처럼 도도하게 밀려오는 것을 느낀다. 북쪽의 파도와 남쪽의 파도가 양쪽에서 급하고도 느리게 밀려와 주 능선에서 합쳐져 파도의 멀미를 겪었다. 주능선에서는 내가 평소 작은 산이라고 하찮게 봤던 것들조차 너무나 선명하고 또렷하게 나를 응시하고 있는 것에 놀랐다. 이름조차 없는 '야산'이라 치부했던 산들도 '내가 여기 있어'라고 말하는 듯했다.

내 눈앞에서 잡힐 듯했던 백운산은 바로 우리 동네 앞산이다. 섬진강 건너에 있긴 하지만 사실 눈만 뜨면 보이는 지척의 산이다. 종주 후에 곧장 그 이웃 산에 올랐다. 남도대교를 건너 한재까지 올라 남으로 내려가는 길이다. 매일 바라보는 산도 실제 올라서 보면 만만찮다. 1,222미터, 남쪽에 있는 산치고 결코 해발고도가 낮지 않다. 백운산 정상에서 바라보면 넘실거리는 남해와 북에서 남으로 흐르는 배고픈 강? 섬진강이 발 아래로 흐르는 것을 볼 수 있다.

그뿐만 아니다. 지리산의 도도한 물결이 남으로 밀려와 백운산으로 차올라 오는데 지리산과 백운산은 구분이 없었다. 강이 산을 나눈다는 생각이었지만 백운산에서 바라본 산하는 그 어느 곳도 막힘이 없었다. 사실 지리산이니 백운산이니 하는 것도 다 사람이 인위적으로 구분 지은 것이다. 산은 스스로를 지리산이라고 백운산이라고 부르지도 않고 나누지도 않는다. 이것을 지리산 주 능선과 백운산에서 깨달았다.

지리산

태생적 지리산공동체

지리산은 다섯 개 자치단체로 둘러싸여 있다. 천왕봉을 중심으로 산청, 함양, 남원, 구례 그리고 하동이다. 이들은 마치 환태평양 연합체처럼 천왕봉을 감싸고 있는데 이들 다섯 개 자치단체는 사실상 운명공동체라 할 수 있다.

몇 년 전부터 메가시티라는 태풍이 부울경을 중심으로 불었다. 불었다가 잠시 소강상태지만 머지않아 메가시티 광풍은 전국을 또다시 강타하지 싶다. 부울경도 역사로 보면 태생적으로 하나의 자치단체였다. 그러나 공동체라 하기에는 '너무 먼 당신'이다. 그리 오랜 시간은 아니지만 이미 세 개의 자치단체를 하나로 묶기에는 이질적이며 자신들만의 본질을 형성해버렸다.

이 과정에서 좀 의식이 있는 사람들이라면 그 속에서 꿈틀거렸을 것이 지리산공동체다. 우선은 서로가 묵시적으로 가지고 있는 지리산 사람이라는 의식을 깨워 '아 그렇지 우리는 지리산 사람들이지'라고 무릎을 치게 하는 것이 먼저다. 그래서 서로가 환경적으로, 문화적으로, 생태적으로, 나아가 교통과 관련 산업적으로 연대하여 관료적 사고가 아닌 주민의 연대로 지역이 손잡게 하는 것이 필요하다. 물이 통하고 바람이 통하면 자연스럽게 맥이 통하게 될 것인데 자치단체들이 '칼'을 대기 시작하면 주도권 다툼이 생겨나고 이름을 짓는 것부터, 어디를 중심지로 할 것인가부터 삐걱거리기 시작할 것이다.

가장 먼저 해야 할 것은 대중교통 잇기다. 버스가 서로 연결되고 순환버스가 생기는 것부터다. 하동에서 산청으로 연결되는 대중버스는 존재하지 않는다. 산청에서 함양, 함양에서 남원, 남원에서 구례, 구례에서 하동으로 연결되는 대중교통은 존재는 하되 존재의 의미나 가치가 없을 만큼 불편하고 맥이 끊어져 있다.

반면에 서울과 부산으로 올라가는 대중교통은 거의 시간 단위로 '지리산 사람'들을 실어 나르기에 바쁘다. 서울과의 소통은 급행으로 진행되나 정작 태생적 공동체에 대한 것은 무의식에서만 흐를 뿐 의식에서는 존재하지 않는다. 시간 단위로 급하게 떠나는 우등버스가 대기하고 있다. 하지만 이웃 산청으로 가는 버스는 하루 종일 기다려도 오지 않는다. 하동에서 가장 먼 곳은 이웃 동네들이다.

　태생적 지리산공동체를 실제 살아 있는 현실의 공동체가 되어 움직이도록 하기 위해서는 먼저 자각이 필요하다. 행정구역으로 나뉜 지리산을 다시 묶어야 한다는 것, 서로 가지고 있는 장점을 발굴 특성화시키고 자랑스럽게 여기도록 해야 한다는 것, 우리가 가진 공동체 안에는 산 뿐 아니라 강, 바다, 들판도 있다는 것을, 이것을 묶으면 지구촌 공동체가 될 수 있다는 것을 가슴에 심어줘야 한다.

　최종 목표를 군이 특별자치단체나 하나의 지리산 시티로 묶는 것까지 가지 않아도 된다. 산업적으로, 문화적으로, 경제적으로 맥이 흐르고 자발적으로, 자연스럽게 흐르게 하면 된다. 그 첫걸음이어야 하는 것이 대중교통 묶기다. 처음에는 하루에 서너 번, 수요에 따라 점차 확대하면 된다. 수요가 공급을 창출할 수도 있고 공급이 수요를 창출할 수도 있다. 그다음은 열차나 트램으로 연결되고 더 발전된 대중교통으로 연결된다면 세계적인 통합모델이 되고 남을 것이다.

지리산

지리산 둘레길, 우리는 손잡을 수 있다

대한민국이라는 땅에서 걷기 열풍을 가져오게 한 것은 단연 지리산 둘레길이다. 둘레길은 21개 구간, 20개 읍면, 100여 개의 마을을 지난다. 유형의 길을 이어줌으로써 무형의 생각과 마음과 행동을 이어주는 결과를 낳았다. '이 길을 걸어 저 동네까지 갈 수 있었는데 우리는 그간 잊고 있었다.'는 자성을 하게 만들었다.

산 너머에는 누가 살고 있는지 몰랐는데 거기에도 나와 비슷한 사람이 살고 그 사람도 지리산 사람이라 말하고 산다는 것을 알게 됐다. 경상도와 전라도가 서로 연결되고 동일한 지리산 문화권을 형성하고 있다는 사실도 알게 됐다. 무엇보다 이 길은 끝도 없고 시작도 없는, 아니, 어디든 시작이고 어디든 끝이 된다는 사실을 깨닫게 했다.

지리산 둘레길을 일주하고 기억을 더듬고 삭이어 '지리산 별곡'이라는 글을 썼는데 그 첫 글의 제목이 '시작도 없고 끝도 없는 길을 향하여'였는데 마지막 구간을 걷고 쓴 글의 제목도 '그 시작도 없고 끝도 없는 길을 향하여!'였다. 굳이 구간을 나눌 필요도 없고 나눠진 구간대로 걸을 필요조차 없었다.

둘레길에서는 역주행이라는 것도 없다. 누구도 경고장을 날리지 않는다. 걷고 싶을 때 걷고, 걷고 싶은 만큼만 걸으면 된다. 어느 때든 걸어도 된다. 겨울에도, 한여름에도 내가 걷고 싶은 구간에서 시작하면 된다. 그러면 마을이 반겨주고 철마다 때마다 바뀌는 나무와 풀과 꽃과 열매들과 동물들이 반겨준다. 부춘마을에서 시작한 나의 마지막 걷기 순례는 형제봉을 돌아 입석마을로 오는 구간이었는데 형제봉 아래 신선대에서 평사리 들판과 섬진강을 보며 글을 맺었다. 지리산 둘레길이 하고 싶은 말은 그리 많지 않았다. '우리는 하나'라고, '우리는 손잡을 수 있다.'고, 시작도 없고 끝도 없는 길이라고.

지리산

지리산을 유람한 사람들

지리산은 누구든 품어주는 산으로 각인 돼 있다. 온갖 범인들, 위인들
이 때와 장소를 가리지 않고 찾아드는 곳이다. 교통과 통신이 발달 돼 수
도권에서도 당일 종주를 감행하는 사람들까지 늘어났다. 조선 시대에
도 지리산을 주유하는 사람들이 많았다. 100여 명의 지식인들이 유람한
후에 유람기를 남기기를 주저하지 않았는데 김종직의 유두류록遊頭流錄
(1472.8.14~8.18), 조식의 유두류록遊頭流錄(1558.4.10~4.26) 그리고 이
륙, 남효은, 김일손, 양대박, 박여량, 유몽인, 성여신 등이 대표적인 인물
들이다.

  인물들의 면면에서 알 수 있듯이 이들은 단지 주 능선 종주 정도를 위해
지리산을 주유하지 않았다. 크게 두 가지의 목적을 가지고 유람을 나섰다
고 할 수 있는데 하나는 당연히 천왕봉 등정이다. 천왕봉을 통해 호연지기

를 연마하고 선비의 기개를 펼쳐나가기를 꿈꾸었을 것이다. 다른 하나는 어쩌면 이것이 앞의 것 보다 더 진정한 지리산을 찾는 목적일 수 있겠지만 이상향 청학동을 통해 선비로서 꿈꾸는 세계를 현장에서 목도해 보고 싶었을 것이다. 7장에서 이상향 청학동을 더 구체적으로 얘기하겠지만 청학동은 지리산 그 자체요 지리산은 청학동을 품고 있다 할 것이다.

선비들은 지리산에서 삶 자체를 묻고 선비 의식을 찾고자 했다. 그 주요 행로가 단연 청학동이 있는 하동 지역이었다. 그렇다면 하동은 조선 시대 선비들에게는 정신적 고향이요, 최종적으로는 귀의하고 싶은 땅이었다 할 수 있다. 그렇다. 하동은 그런 곳이다. 품어주는 땅이다. 어머니의 따스하고 넉넉한 품이다. 선비들은 천왕봉과 같은 주봉들을 등정한 후에 대부분 삼신동, 쌍계동, 청학동을 거치는 행로를 걸었다. 이들을 통해 위로받고 소진된 에너지를 채우고 친구와 벗 삼아 세상을 함께 살아가는 힘을 얻기 위함이었다.

그 대표적인 유람기가 남명의 지리산 유람록인 '유두류록遊頭流錄'이다. 남명은 1558. 4. 10일부터 4월 26일까지 진주목사 김홍, 자형 이공량, 고령현감 이희안, 청주목사 이정 등과 함께 지리산 유람에 나섰다. 그가 남긴 유람록은 마지막 유람이 되었던 열한 번째 유람을 통해서임을 유람록 끝부분에서 밝힌다. 덕산동에 세 번, 청학동에 세 번, 용유동에 세 번, 백운동과 장항동에 각각 한 번 유람을 하였으니, 평생 지리산을 머리에 이고 살았음을 알 수 있다.

　남명의 마지막 유람은 오늘의 합천 초계에서 출발 진주를 거쳐 사천에서 배를 타고 남해안을 지나 섬진강 하구를 통해 상류로 올라왔다. 유람의 최종 목적지 또한 청학동이었다. 여기서 청학동은 오늘날의 청학동이 있는 청암면 청학마을이 아님을 우선 먼저 알아 둘 필요가 있다. 섬진강 하구를 지나 하동읍을 거쳐 악양면 개치를 지나면 외둔이다. 지금도 그대로 서 있지만 대부분의 사람들이 존재 자체를 잘 알지 못하는 삽암錘岩에 당도한다. 삽암은 고려 말 한유한이 벼슬을 거부하고 은거하며 살았던 임시거처였다. 남명은 삽암에서 "아! 나라가 장차 망하려고 하는데 어찌 어진 사람을 좋아하는 일이 있을 수 있겠는가?"라고 한탄했다.

　배는 더 상류로 거슬러 올라 오늘의 상덕마을에 당도한다. 당시 지명으로는 '도탄陶灘'이다. 바로 정여창 선생의 옛 거처 악양정이 있는 곳이다. 정여창 선생 또한 한유한처럼 결국은 조정으로부터 퇴출당하고 후에 부관참시까지 당하는 치욕스러운 삶을 살았던 사람이다. 곧이어 남명이 탄 배는 상류로 올라 화개장에 하선하고 쌍계사를 거쳐 19일 아침에 청학동靑鶴洞에 이른다. 여기서 청학동은 불일암 근처를 말한다. 이번이 청학동만 세 번째였으나 속세의 인연을 다 없애지 못하고 있음을 스스로 질타하기도 한다. 청학동에서 내려와 다시 쌍계사와 신흥사(오늘의 왕성 분교 인근)에서 비를 피한다. 청학동 유람을 마친 일행은 귀향길에 다시 악양에 들러 하루를 묵은 후 악양면의 상신대와 적량면의 동점마을을 잇는 재라고 여겨지는 삼가식현三呵息峴을 넘어 횡천을 지나 옥종을 거쳐 합천 삼가로 들어간다.

　지리산 유람은 단지 유람으로 끝나거나 산만 보고 내려오지 않고 그의 말대로 '산을 보고(看山), 물을 보고(看水), 사람을 보고(看人), 세상을 보는(看世)' 통섭적인 행위였다. 그 주요 행로가 하동이었으며 청학동으로 알려진 화개면 지역이었음을 상기할 필요가 있다.

백두대간의 마지막 두 봉우리 형제봉과 구재봉

두류산이라 그랬다. 백두산에서 흘러 내려왔다는 뜻이라고 했다. 삼천리를 달려와 멈춰 선 곳, 그곳이 지리산이다. 천왕봉은 그 중심에 있다. 시작과 마침의 그 마침. 그래서 불현듯 뜨겁고 그래서 더 정적이고 그래서 서럽다. 압록강에서, 두만강에서 보 터지듯 물밀듯 밀려온 그 산하들, 금강산을 낳고 설악산을 키우고 태백산과 소백산을 아우르며 그 정점에 이르러 세운 산, 지리산이다.

살아온 세월이 긴 만큼 품도 넓다. 어머니의 산이라는 이유가 여기에 있다. 슬하의 많은 자식들, 천왕봉에 서면 천왕봉은 왕이 아니라 어머니의 가슴이다. 무명치마 둘러친 그 치맛자락에 숨어 뛰어노는 아이들의 소리가 고요한 산을 깨운다.

서쪽으로는 저 멀리 노고단과 반야봉이 그리움으로 자리하고 발밑에는 촛대봉과 제석봉이 발을 간질인다. 남쪽으로는 삼신봉이 우뚝하다. 그 삼신봉에서 두 갈래로 나눠 서쪽으로는 형제봉이 동쪽으로는 구재봉이 뚜렷하다. 삼신봉은 주 능선을 바라보는 전망대와 같다. 차라리 오케스트라 지휘자처럼 가운데 서서 노고단부터 천왕봉을 한눈에 아우르며 지휘를 한다.

삼신봉에서 두 갈래로 나눠진 줄기는 서쪽으로 형제봉이 되고 동쪽으로 흘러 구재봉이 된다. 이 둘은 섬진강에 나란히 두 발을 담그고 물장구를 치는 모습이다. 사람의 신체로 말하자면 오른발이요 왼발이다. 북한 지리학자들은 구재봉을 백두대간의 마지막 봉우리라 일컫는다. 하동공원 전망대에서 바라본 구재봉은 백두대간의 마지막 봉우리임을 확연히 드러내 보인다. '뚝' 단절된 절제됨이 있고 그 아래로 흐르는 동네들, '내가 백두대간의 정점을 찍었다'라고 말하는 듯하다. 여재규의 〈하동군사〉에는 구재봉을 하동의 진산鎭山이라 썼다.

인체로 치면 양발이지만 살아 있는 거대한 나무로도 볼 수 있다. 섬진강 물이 조수간만의 영향을 미치는 마지막 지점은 평사리 백사장 즈음이다. 그러니 평사리 백사장을 적시는 물은 남해 물이기도 하지만 이는 곧 태평양 물이다. 이것이 나무의 뿌리와도 같은 구재봉과 형제봉으로 흡수돼 천왕봉, 소백산, 태백산 그리고 설악산과 금강산으로 운반되고 결국은 백두산에 이르니 천지天池의 물은 곧 섬진강 물이요 태평양 물인 셈이다.

　백두대간의 시작이기도 하고 끝점이기도 한 두 봉우리는 그런 의미를 붙여 의인화하기도 하고 스토리를 붙여 보기도 하는 인간 친화적 봉우리다. 지리산은 경외감으로 바라만 보는 히말라야나 알프스와 같은 신성불가침의 산이 아니라 인생들과 같이 어울리고 희로애락을 같이 하는 인간 삶의 터전이기 때문이다.

지리산

지리산 마을

지리산에 마을이 있다. 마을이 있다는 것은 산 너머에도 마을이 있다는 얘기다. 마을과 마을은 서로 연하여 지리산자락을 수놓고 있는 셈이다. 어떤 마을은 마주하기도 하고 어떤 마을들은 서로 등을 지고 있기도 하고 같은 방향으로 앉아 있기도 하다. 산이 생긴 대로 그 산에 의지하기 때문이다.

지리산이 어머니 산이라고 불리는 것은 그 생김새뿐 아니라 바위가 적고 흙이 많아 식생이 풍부하다는 것에서도 기인한다. 산자락으로, 계곡으로 들어와도 수변 못지않은 먹거리가 존재한다. 지리산 주 능선에서 지리산을 360도 둘러보면 마치 어머니의 주름치마처럼 산이 즐비하고 결이 얼마나 고운지, 그 결은 곧 계곡이며 계곡에는 어김없이 마을이 있다. 해 질 녘이 되면 어둠이 내려앉고 백열등이 하나둘 켜지면 새로운 천지가 된다. 낮과는 전혀 다른 풍경들, 집집마다 얘기꽃이 밤새도록 피어났을 것이다.

하동의 지리산 마을은 화개면 의신마을에서 옥종면 위태마을까지다. 일반적으로 지리산 둘레길을 기준으로 보면 크게 벗어나지 않을 것이다. 둘레길 안쪽에 있는 마을들을 지리산 마을이라 불러보자. 물론 그 경계는 뚜렷하지 않고 하동의 마을들 모두는 지리산 마을이라 해도 틀리지 않을 수 있다. 지리산으로 인해 형성된 지형이기 때문이다. 그렇게 본다면 화개면의 대부분 마을은 지리산 마을에 포함된다. 법하에서 시작된 길은 가탄, 정금, 신촌, 부춘마을을 넘어 형제봉 자락 악양의 입석마을로 들어선다. 화개면은 확실한 지리산 문화의 본향이라 하기에 부족함이 없다. 그 지리산에 감사해야 할 고장이다.

형제봉에서 발 아래로 내려다보이는 악양은 가히 무릉도원이라 할 수 있다. 입석마을회관 앞을 지나 평사리들판 건너 대촌으로 향하는 둘레길은 스페인 산티아고 길과도 비교할 수 없을 정도로 고즈넉하다. 악양은 산악 문명과 평야 문명을 동시에 받은 몇 안 되는 길지다. 지리산의 정남향 악양에 밤이 되면 별천지가 된다. 말 그대로 하늘의 별과 이상향의 별천지가 동시에 현현한다. 악양에서 별밤과 달밤을 보내는 것은 특별한 경험이 될 것이다.

적량면 신촌마을은 원형적 지리산마을이었다. 지금은 교통의 발달로 개방형으로 변신했지만 내 어릴 적 큰집이 있었던 신촌은 말 그대로 산촌이었다. 그 적막감, 아침에는 구재봉까지 달려 올라갔던 추억의 마을이다.

그 원형적 산촌이 명절 때마다 찾아갔던 나의 어린 동심을 부추겼다.

청암면은 화개면 못지않은 지리산의 특혜를 입은 땅이다. 행정리 명칭에서도 (청)학동이 그대로 있으니 말이다. 삼화실 넘어 명사마을은 지리산 자락에서 사람 냄새 물씬 풍기는 마을이다. 돌배나무가 마을 안길에 즐비하고 가을이면 돌배 축제까지 열린다. 동네를 지키고자 하는 사람들의 마음이 애틋한 마을이다.

지금은 옥종면에 편입된 위태와 궁항리는 2003년까지는 청암면에 속했었다. 양이터재를 넘으면 궁항과 오율, 위태마을로 이어진다. 위태마을과 산청 중태마을을 연결하는 재는 갈치재다. 재는 경계이기 전에 연결고리다. 재가 있어야 마을과 마을은 비로소 연결된다. 가파른 고개를 넘는 재, 이 재는 인생의 고개와 같지만, 고개만 넘으면 다른 세상, 내가 꿈꾸던 세상으로 들어서게 되니 고개는 마을을 연결하는 것 못지않게 삶의 고비와 같았다.

산청 중태마을은 불과 40여 년 전만 하더라도 하동 땅이었다. 삶의 방식이 달라진 세상에서 하동보다는 산청에 편입되는 것이 더 이롭다고 판단했을 것이다. 그 판단의 기준을 고개로 구분했다. 재 이쪽은 하동이 되고 너머인 저쪽은 산청이 됐다.

금오산에서 내려다보는 다도해 남해

제3장

다도해
남해

바다로 대문이 나 있다

하동에 바다가 있다는 건 하동이 덤으로 받은 선물이라고 생각하는 경향이 많다. "민족의 영산 지리산, 서정 1번지 섬진강에 뭘 더할 것이 있다고 한려수도까지인가?" 신은 분명 하동에 편애의 손을 펼치신 것이 맞지 싶다. 산, 강, 들판에다 바다까지라니. 그것도 한려수도, 점점이 흩뿌려진 수채화 같은 섬들이 날마다 다른 그림을 그리고 춤을 추는 모습이다.

좋은 그림은 단지 좋은 그림으로만 끝나지 않는다. 스티븐 호킹은 좋은 모형은 몇 가지의 조건을 갖춰야 한다고 말하면서 그 첫 번째를 '우아할 것'이라고 단언했다. 하동을 그의 우아함과 비교해 본다면 단순히 외관상 멋진 것만을 얘기하지 않는다는 것은 당연하다. 우주 이론조차 우아할 때 더 사실적이라고 한다면 하동의 우아함은 산, 강, 바다가 있다는 외관만을 말하지 않으려 한다는 것은 이해할 것이다. 그만큼 하동의 '기능성'조차 탁월하다는 것이다.

그 바다가 태평양으로 향하는 문이다. 태평양의 극서에, 남해라는 제법
큰 섬이 감싸고 그 섬에서 돌출됐을 작은 점 같은 섬들이 불규칙하게 그러
나 치밀하게 설계된 대로 흩뿌려져 있는 그림 같은 대문大門이다. 흩뿌려
진 섬들을 헤치고 나가면 대한해협을 만나고 일본이라는 좀 큰 가림막을
만나게 된다. 어쩌면 이런 것들은 신비의 땅을 감싸고 있는 신부의 너울과
같은 것들이다.

이 대문을 나서면 가지 못할 곳이 없다. 가까이는 부산과 목포로, 후쿠
오카로, 하와이로, 남아프리카로, 남미로, 심지어 북극과 남극까지 갈 수
있다. 바다가 있다는 것은 그런 것이다. 이런 먼 곳들과 하동은 연결돼 있
다. 그 어떤 가림막도 없다. 바다로 대문이 나 있다는 것은 그런 것이다.

의좋은 형제 남해군

하동을 말할 때 남해를 빼고 말하기 어렵다. 지리적으로 남해는 하동을 거쳐야 육지로 향할 수 있고 하동은 남해를 거치지 않고 바다로 향하기 어렵다. 단점보다는 둘은 특별한 장점을 가지고 있다. 정치적으로도 늘 경쟁과 균형 속에 있었다. 제법 긴 세월 동안 남해는 정치적으로 하동을 견인했다. 그 속에 둘은 치열한 경쟁으로 때로는 동지로 작용했었다. 이런 역학관계는 결국 양 지역을 애정의 관계로, 끊을 수 없는 형제로 만들어 놓았다.

내가 살았던 반세기 그리고 우리 부모님까지 살아내셨던 지난 한 세기의 역사를 되돌아보면 둘은 서로를 격려하고 보듬어 주었다.

두 고장은 노량해협을 사이에 두고 얼굴을 마주하고 있다. 양 지역을 연결하는 동네의 이름도 금남면 노량리와 설천면 노량리다. 두 노량의 거리는 고작 480미터에 불과하다. 팔을 펴면 손에 잡을 수 있을 만큼 좁은 거리지만 남해 사람들로서는 이 거리가 만만찮은 간극이었을 것이다. 억척스러운 남해 사람이었기에 한계를 넘어 오늘의 남해를 일궈냈지 싶다. 바다는 그런 곳이다. 바다를 건너온 남해 사람을 하동 사람은 좀 더 넓은 품으로 안아 주었다. 내가 태어나고 자랐던 동네에도 남해에서 이주를 해 온 이웃이 많았다. 한결같이 억척스럽게 삶을 일궈 낸 분들이었다.

남해는 보물섬이다. 그들이 지은 애칭이기도 하지만 애칭에만 국한하지 않는다. 말 그대로 보물섬이 아닐 수 없다. 해안도로를 중심으로 하는 남해의 경치가 그렇고, 유배 문학을 기반으로 하는 남해의 문학도 그렇고, 항구마다, 포구마다 마을을 감싸는 숲들, 옹기종기 바다를 향하고 있는 그림 같은 작은 어촌들이 그렇고, 남해안의 중심에 균형추로서 자리한 위치가 그렇다. 이 남해를 하동이 마주하고 있는 태평양의 첫걸음에 두고 있다. 우리의 대문 앞에 탁월한 이웃, 의좋은 형제를 가지고 있다.

금오산, 다도해를 지배하라

지리산 주 능선에서 남쪽으로 시선을 돌리면 뾰족하게 홀로 준엄한 산이 금오산이다. 주능선과 금오산 사이는 바다의 파도처럼 물결이 일렁이는데 천왕봉에서 시작된 파도가 다도해까지 이어 닿는다. 금오산은 875미터가량, 이 산이 남해안을 조망하는 대표전망대다.

금오산이 금오산 된 것은 남해와 맞대어 서 있기 때문이다. 만일 지리산 속에 금오산이 있었다면 금오산은 다른 산이 됐을 것이다. 바다를 조망할 수 있음에 금오산은 남해와 하나다. 산이지만 바다의 심정을 가장 잘 이해하는 바닷속의 산이다. 금오산에서 바라보는 사천만 쪽의 섬들은 한 폭의 그림이 된다. 금오산에서 바라볼 때야 그렇다. 여기서 바라본 비토섬은 완전한 한 마리의 토끼다.

금오산은 고려 시대 이후 조선 중기까지 나라의 최전선이었다. 바다로 침입해 오는 왜구들을 가장 먼저 발견하고 응전했던 곳이었다. 산성과 봉수대가 있었음은 두말할 여지가 없다. 하동 지역의 봉수대는 금오산과 그 아래 연대봉, 정안봉, 계화산(현 두우산), 고소성과 형제봉 사이 등 모두 다섯 곳에 설치되어 있었다.

금오산 봉수대는 작은 봉수대를 이끌고 있었는데 그중 하나가 바로 섬진강 끝자락 두우산과 연대봉 봉수대다. 두우산은 해발 2백 미터에 불과한 낮고 작은 산이지만 금오산으로부터 받은 정보를 가장 먼저 받아 내륙으로 전달하는 초병의 역할을 했을 것이다. 지금도 두우산 정상에는 복원된 봉수대가 서 있다. 그 봉수대에서 불과 십수 미터 거리에는 음각으로 새겨진 검劍이 너럭바위에 새겨져 있다. 검劍은 섬진강과 평행해서 새겨져 있는데 국토를 지켜내겠다는 결연한 의지가 엿보인다.

그뿐만 아니라 금오산 봉수대는 남해 금산과 사천의 각산 봉수대로부터 신호를 받아 현재의 진주, 함양, 금산 등 중부내륙의 동래를 출발 한양으로 올라가는 '직봉'과 연결돼 정보를 전달하는 기능을 했던 일종의 '향봉鄕烽'이었다.

모르긴 모르되 두우산에서 이어받은 봉화는 섬진강을 따라 신속하게 내륙으로 전달됐을 것이다. 악양의 고소성과 구례 피아골의 석주관성으로 이어져 호남내륙을 타고 한양으로 전달되는 루트였다. 또 다른 하나는 금오산에서 출발한 봉화는 고전면에 자리한 하동읍성으로 번개처럼 전해졌을 것인데, 하동읍성은 통일신라시대부터 약 1천 년 하동의 중심지였다.

우리나라에 봉수제가 군사 목적으로 실시된 것을 기록한 것은 고려 중기 때부터다. 특히 우왕 때 왜구들이 378회나 침입하여 약탈이 극심해 세곡을 운반하는 조운에 큰 타격을 주었다. 이런 상황에 따라 세종 무렵 기록인 세종실록지리지에는 당시 봉수대 총합계가 601개였다고 기록하고 있는데 이 중에 경상도에 135개 집중돼 있다는 것은 시사하는 바가 있다.

말이 나온 차에 조선시대 봉수 체계를 이야기하고자 한다. 모두 5개 노선이 있었는데 제1로는 함경도에서 한양까지, 제2로는 경상도 동래에서 한양까지, 제3로는 평안도 내륙에서 한양까지, 제4로는 평안도 해안을 끼고 한양으로 들어오는 노선이었으며 제5로는 전라도에서 출발 충청도를 거쳐 한양에 도달하는 체계였다. 이를 '직봉直烽'이라고 하고 '직봉'이 기능을 다하지 못할 것을 대비 '간봉間烽'을 두어 보완하게 했는데 경상도 지역 해안에서 내륙으로 연결하는 '간봉'이 다른 지역에 비해 촘촘하게 자리했다. 이는 왜구의 침략에 대비한 해안방위에 그만큼 비중을 뒀다는 뜻이기도 하다. 남해 금산에서 시작돼 하동 금오산, 진주, 함양으로 이어지는 노선은 그 '간봉' 노선 중에 하나다. 전국 어디서든 한양으로 정보가 전달되기까지 대략 12시간 소요됐다고 한다.

다도해
남해

노량, 이순신을 기억하다

노량을 말하면서 이순신을 말하지 않을 수 없다. 그 장군이 최후 순국하신 바다가 바로 노량이다. 그가 탁월한 것 중의 하나는 일기를 기록했다는 것이다. 1592년 1월 1일부터 쓰기 시작한 〈난중일기〉는 1598년 11월 17일에 끝난다. 순국하기 꼭 이틀 전이다. 하필이면 1592년 정월부터 시작했을까? 감이 있었기 때문이 아닐까? 그해 4월 14일 임진왜란이 발발했다. 왜 2년 전, 3년 전이 아니고 1592년 1월부터였을까? 전쟁을 직감한 장군이 전쟁의 기록을 철저하고도 첨예하게 기록하고자 했던 의지가 묵시적으로 드러난 부분이기도 하다는 생각이다.

전쟁 5년째 정유년 3월 4일 모함으로 투옥되고 약 한 달 후 4월 1일 출옥, 백의종군이 시작된다. 행로에 어머니 별세 소식을 듣지만, 장례조차 치르지 못하고 행로를 계속할 수밖에 없는 운명이다. 백의종군 후 4개월

158   하동학 개론

여 만에 삼도수군통제사에 복직되고 한 달 만에 명량해전에서 12척으로 왜선 133척을 물리치는 전과를 올린다. 여기까지만 해도 얼마나 극적인가? 그 어느 극작가가 이런 스토리를 상상이나 하고 극이라도 만들 수 있을까?

어떻든 나는 하동을 말하는 중임으로 장군과 하동의 인연, 그가 밟았던 땅들, 그가 쏟았던 땀들을 말하고자 여백을 좀 더 빌리고자 한다. 출옥 후 근 두 달 후인 5월 26일 백의종군 중 '병사 이순신'은 장맛비를 맞으며 구례를 통과하고 드디어 하동 땅에 들어선다. 책의 표현을 그대로 빌리자면 "석주관의 관문에 가니, 비가 퍼붓듯이 내렸다. 말을 쉬게 하고 간신이 엎어지고 자빠지면서 악양의 이정란의 집에 당도했는데 문을 닫고 거절하였다. 그 집 뒤에 기와집이 있어서 종들이 사방으로 흩어져 찾았으나 모두 만나지 못하여 잠시 쉬었다가 돌아왔다"는 기록이다.

다음날 27일, 지금의 하동읍인 두치의 최춘룡집에서, 28일은 지금 고전면 주성마을인 하동읍성에 도착 하동 현감 신진의 따뜻한 영접을 받고 별채에서 이틀을 유하며 피로를 회복한다. 6월 1일 비가 계속 내리는 날에 지금의 옥종면 정수리에 있었던 청수역에 도착 하루를 묵고 산청으로 넘어간다. 이것이 하동에서의 장군의 행로였지만 합천 권율 장군 휘하에 있으면서도 옥종면과 진주 수곡면 지역에서 전략을 세우고 군사들을 훈련하는 등 사실상 백의종군의 백미와 같은 장소 역할을 했던 곳이 하동 땅이라 해도 과언이 아니다. 결국 8월 3일 수곡면 진배미에서 군사들을 훈련하는 도중에 임금으로부터 삼도수군통제사에 재임명받는다. 다시 전장으로 돌아가는 행로도 횡천과 하동읍, 화개를 지나 구례, 곡성을 거쳐 진도지역으로 향한다. 재수임은 곧 최후의 전장으로 가라는 명령이었다.

  금남면 신노량 마을과 대도 사이 그 어느 즈음의 바다가 노량해전의 격전지였다. 금오산과 연대봉에서 바라보면 바로 발밑이다. 이곳은 오늘도 대도와 노량을 운항하는 도선이 하루에도 수차례 지나는 노선이기도 하다. 지도에서 보면 부산과 진도의 남해의 중간지점, 섬진강이 6백리를 달려와 어머니의 품에 안기는 그 너른 바다와 일치한다. 하동은 노량이라는 바다를 가졌다. 나는 가끔 장군의 바다라 부르기도 한다.

다도해
남해

흩뿌려 놓은 섬

습관적으로 밤이 되면 하늘을 올려다보는 것은 내가 살아가는 동네의 별은 그 무엇과도 비교할 수 없는 명작이기 때문이다. 특히 악양의 밤하늘은 그렇다. 마치 말발굽을 닮은 둥근 산맥은 분지형의 둥근 들을 만들어 놓았고 그 하늘조차 둥글게 됐다. 그 하늘에서 벌어지는 천지의 조화라니.

 바다가 은하수로 변했다면 바로 이곳일 것이다. 악양의 밤하늘을 그렇게 수놓은 것처럼 하동의 다도해를 은하수 바다로 만들어 놓은 곳을 볼 수 있다. 금오산에서 동쪽으로 시선을 돌리면 바로 사천만, 비토섬과 그 이웃 섬들이 어우러져 뛰어다니는 남해안의 작은 섬들은 밤하늘을 수놓은 은하수무리다. 행정구역상으로는 하동과 사천의 경계선상에 놓여 있지만 이들을 조망할 수 있는 곳은 하동의 금오산과 인근의 산자락뿐이다.

한 해를 마무리하는 날이거나 1월 1일이 되면 해넘이와 해맞이로 금오산에 오르곤 했었다. 들끓는 바닷물에서 섬들은 서로 어깨동무라도 하듯 춤추고 그 속에서 솟아오르는 태양을 보는 광경은 다른 바다들에서 볼 수 없는 동화 속의 아기 섬들의 놀이와 같다. 분명 천지를 화폭에 담는 거장이 있었음에 틀림없다. 붓에 먹물을 묻혀 두었다가 휙 휘갈기자, 절제됨과 자유분방함이 동시에 화선지에 그려지는 거장의 터치처럼 금오산에서 내려다보는 남해안의 다도해는 그렇게 치밀성과 무절제함이 한데 어우러진 명작이다.

이 바다 하동의 섬들은 장구섬, 나물섬, 토끼섬, 솔섬, 방아섬 등이다. 그 너머 사천의 비토섬과 비토섬이 만들어 놓은 점 같은 작은 섬들이 밤하늘의 별처럼 현란하다. 우리나라의 섬 중에 이렇게 군집을 이뤄 하나의 작품이 되는 곳은 이곳이 거의 유일하다.

다도해
남해

태평양, 대서양과 연결돼 있다

나는 지금 눈을 감고 우주 1만 킬로 상공에 떠 있다는 상상을 해 본다. 지구는 하나의 작은 푸른 구슬이다. 구슬 속의 상단부는 하얀색 무늬로 장식되어 있다. 그곳이 북반구임을 대략 알 수 있다. 태평양 한가운데도 역시 구름 띠가 형성돼 시베리아와 북극까지 연결되어 있다. 남반구와 대서양 쪽은 온통 푸른 물결이다.

점점 고도를 낮추는 중이다. 현재 고도는 7천 미터, 아직 한반도와 일본열도를 구분조차 할 수 없다. 고도를 5천 미터로 낮췄다. 남쪽에 옅은 갈색 톤으로 오세아니아주가 구슬의 바닥 면에 자리하고 있다. 사우디아라비아 쪽도 갈색 톤으로 서쪽 지구의 가장자리에 보일 듯 말 듯하다. 한반도와 일본열도는 진한 초록이라 파란색과 확연하게 구별이 어렵지만 짐작은 할 수 있을 것 같다.

좀 더 고도를 낮췄다. 3천 미터, 백두산이 있을 위치에는 하얀 구름이 있고 잘록한 허리의 한반도가 확연하다. 드디어 2천 미터, 남과 북의 휴전선도 가늠할 수 있을 듯하다. 대마도와 제주도도 뚜렷하다. 1천 미터, 신안 앞바다의 작은 섬들도 보이기 시작했다. 해류의 흐름조차 가늠할 수 있을 것 같다. 역시 동해는 검푸르다. 그만큼 해수면이 깊다는 뜻이리라. 서해 쪽은 그에 비해 연하다. 300킬로미터까지 내려왔다. 여수의 작은 섬들, 서해와 남해의 다도해 등이 흩뿌려져 있다. 100킬로미터, 하동과 연결된 남해군의 모습도 선명하다. 인근 진주와 여수의 도시들의 모습도 가늠할 수 있다. 제주도 한라산의 분화구는 꼭 내 발 아래에 움푹 패 있다.

드디어 30킬로미터, 섬진강 줄기도 가는 탯줄처럼 여리고 가늘게 북으로 향한다. 10킬로미터까지 하강했다. 금오산 정상은 뾰족하다. 6천 미터 상공에서는 섬진강과 바다의 중간지대 즈음에 있는 대도와 남해대교와 노량대교, 저수지들까지 눈에 들어온다. 3천 미터다. 작은 포구들, 어촌마을들, 산답과 동네와 동네 사이로 나 있는 지방도까지 선명하다. 300미터. 남해대교와 노량대교 사이에 어선이 하얀 물길을 남기고 지나가고 있다. 구 노량 방파제 아래에는 스무 척가량의 어선들이 정박 중이다.

갈망 저수지 아래 진구지는 아예 동네가 바다 위에 떠 있는 것처럼 바다와 가깝다. 중평마을은 추수가 끝나고 비닐로 포장된 건초더미들이 하얀 점처럼 뿌려져 있다. 마을은 주로 붉은 색과 푸른색 계열들의 지붕으로 확연히 구분되어 100여 채가 오밀조밀하다. 동네 앞 유료 낚시터는 일렬로 서 있고 방파제 아래 예닐곱 척의 어선이 줄지어 정박해 있다. 건너편은 비토섬이다. 바다는 경계가 없다. 토끼와 거북이가 있을 듯하지만 마치 성게의 모습처럼 보이기도 하다.

불과 몇십 분 사이에 내가 우주 공간에서 고도를 낮추며 하동의 해안들을 집중하면서 조망한 모습들이다. 작고 푸른 구슬 안에 세상의 모든 나라와 도시와 항구와 포구들이 있다. 하동의 작은 어촌마을들, 그 마을을 이고 지고 살아가는 어부들의 거친 손들도 작은 구슬 속에 있었다. 결국 지구라는 구슬 안에 세상의 모든 사람과 도시는 포개져 있다.

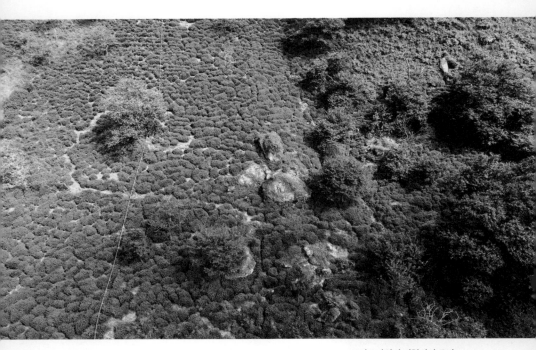

#하동다원의 전형적인 풍광

제4장

다茶

다茶

당신의 의미, 차의 의미

'시는 인공의 낙원이고 숲은 자연의 낙원이며 청학동은 관념의 낙원이지만 한 모금의 차는 그 모든 낙원을 합친 낙원이다'라고 김훈은 〈자전거 여행〉에서 차를 설파했다. 이것보다 차를 차답게 예찬한 노래는 아직 들어보지 못했다.

그러고 보니 하동은 이 세 가지의 낙원을 모두 가졌다. 수많은 시인이 노래한 하동, 그 시인을 가진 하동은 분명 인공의 낙원이다. 지리산 남부 능선이 잉태한 숲은 하동의 자궁이다. 식생이 풍부한 지리산 남쪽의 그 다양한 숲이라니! 내가 사는 지리산 남쪽 자락의 끝 악양은 철 따라 새들의 노랫소리로 아침을 연다. 숲이 아닌들 어떻게 이처럼 노래하는 새들을 우리가 가질 수 있을까? 차는 이 셋을 모두 포함한 것이라고 하니 하동은 세 겹 줄의 튼튼한 밧줄처럼 완전한 낙원을 가졌다.

만약 '하동에 차가 없다면?' 물음이 소리 없이 들려왔다. '사막에 오아시스가 없다면'과 같은 물음이라는 답이 돌아왔다. 2017년 이탈리아 시칠리아를 한 주 동안 여행하고 다시 메시나에서 빌라 산 조반니로 건너오면서 떠오른 질문과 비슷하다. "만일 시칠리아가 섬이 아니라면!" 상상조차 하기 싫었다. 시칠리아가 섬이라는 것이 얼마나 감사하고 다행인지. 하동에 있어서 차는 그런 것이다. 없다는 것을 상상하기조차 싫은, 차가 있기에 비로소 하동이라는 생각이 들었다.

'하동 = 차'라는 등식이 성립된 것은 비교적 근년의 일이다. 30년 정도? 아마도 그럴 것이다. 나는 처음에 맛도, 멋도 모르고 차를 마셨다. 그래도 그런 과정을 겪은 다음에야 비로소 맛도 알고 멋도 알게 되는 것 아니겠는지. 차는 하동의 멋을 상징하기에 이르렀다. 하동의 맛을 상징하는 것도 차다.

공직에 있으면서 자연스럽게 차를 마시게 됐다. 그런 환경이 조성됐기 때문이다. 차 농가마다 다른 차 맛을 느끼게 된 것은 당연하다. 손님이 방문하면 하동을 말로 소개하는 것보다 한 잔의 차로 설명하는 것이 더 쉬웠다. 단아한 찻상에 맑은 차와 손톱만큼 작은 다식 몇 알이 세상 무엇보다 멋지고 진수성찬으로 다가왔다. 하나를 빼거나 더할 필요가 없는 완벽의 미가 작은 찻상에 베풀어졌다. 이것을 볼 수 있는 눈이 있는 사람과 함께라면 설명조차 필요가 없어진다. 둘이 마주 앉아 귀와 눈과 입으로 음미하는 차는 그것으로 고요했다.

　하동에서의 차는 그렇다. 하동의 관문이요 알파와 오메가다. 차를 알아야 하동을 알고 차를 안 후에야 비로소 하동을 알았다고 말할 수 있다. 차라는 물질은 그런 특징을 지녔기 때문이다. 볼 수 없지만, 만질 수도 없지만 차 속에 있는 묘한 성질이 사람을 그렇게 앉히고 변모시킨다. 동서고금을 막론하고 차는 그런 역할을 했다.

　여기서 차라고 할 때 차란 우리가 일반적으로 말하는 녹차를 일컫는다. 차를 '녹차'라 부르지 않는 이유다. 그냥 차다. 다른 음료들은 그들의 특성이 담긴 이름대로 부르면 된다. 앞으로 커피는 커피, 차는 차, 매실차는 매실차라고 제대로 부를 필요가 있다. 그래야 차에 덜 미안하게 될 것이다.

　그런 차의 고장이 하동이다. 단순한 기호식품을 넘어 사람의 성격과 취미, 취향, 세상의 관조, 우정, 예의, 소박함, 명료함, 여행, 사람과 친구, 맑음, 아름다움, 음악, 춤, 삶과 죽음, 청춘과 고독, 이별과 마중, 정적과 고요, 밝음과 빛과 같은 형용사나 명사들을 모두 아우를 수 있다. 왜 그러느냐고 물으면 답을 할 수 없다. 모르기 때문이다. 그런 것이 차이기 때문이다. 더 이상 묻지 마시길.

다茶

하동 차의 기원설

이런 차가 하동에서 처음 시작됐다. 한때 시배지 논란이 시끄러웠다. 김
해, 구례가 도전했기 때문이다. 그러나 삼국사기가 그런 논란의 여지를 정
리했다. 서기 828년 당나라 사신으로 갔던 대렴 공이 차 씨를 가져와 쌍계
사 인근 대나무밭에 심었다는 기록이 있다. 하동 차의 산증인과 같은 인물
이 김동곤 명인이다.

  사학자이기도 한 김명인은 자신의 저서 〈19세기 이후의 하동 화개 차〉
에 "삼국사기, 신라본기 흥덕왕 3년 조에 우리 차의 시배 기록이 있다. 차
를 처음 심은 곳을 지리산이라 기록하고 있고 그 지리산은 삼국사기 '제사'
조에서 화개가 속한 진주에 있는 남악산이라 하였다. 신증동국여지승람에
서 차 시배 기록을 국가, 조선에서 화개가 속한 진주에 기록 정리하였다.
화개가 차 시배지임을 조선이 인정한 것이다."라고 썼다.

어떤 것이든 시배지가 가지는 힘이 있다. 뿌리이기 때문이다. 근원, 시조, 시원과 같다. 정말 대렴 공이 차 씨를 가져와 하동에 심었을까? 그전에는 차라는 종이 하동의 지리산자락에는 존재하지 않았을까? 그랬을 수도 그러지 않았을 수도 있다. 나는 자생설을 믿는 편이다. 대렴 공이 차 씨를 심기 전부터 하동의 어느 산자락에 차가 자생하고 있지 않았을까, 하는 나름의 짐작이다. 그럼에도 하동이 차의 시배지라는 것 또한 부정하지 않는다. 이 둘 즉 자생설과 시배지설은 상호 배치되지 않기 때문이다. 이것을 생리학적으로 풀 수 있을지 모르지만 나는 둘 다 하동 차에 대한 애정으로 그 근원지를 돌리고 싶다.

우리나라는 비석 문화의 산실이다. 차 시배지를 확인하기 위해 쌍계사 일원 차 시배지에 여러 가지 비석을 세워 이를 증거하고 있다. 1981년 세워진 차나무 시배지 기념탑, 대렴 공 차시배지 추원비, 진감국사 차시배지 추앙비 등이다. 이런 거석들이 차시배지를 옹호하지만, 더 깊은 곳에서 외치는 소리가 있다. 하동 지리산 자락에서 자생하는 차나무들의 소리 없는 외침이다. 굳이 더 이상 하동이 차 시배지라고 외칠 필요조차 없음을, 더 외칠수록 차 시배지에 금이 갈 수 있음을, 진실은 굳이 외치지 않아도 흔들리지 않음을.

다茶

차 산업의 위치

하동에서의 차는 하나의 농작물이나 특산물과는 차별화된다고 봐야 한다. 사람마다 보는 시각에 따라 다를 수 있겠지만 나는 줄기차게 이를 주장해 왔다. 하동 차 산업은 조 수익이라는 물리적 상황만 놓고 본다면 선 순위를 달리지 않는다. 여기에 추가해야 할 것이 소위 '보이지 않는 2인치'다. 차는 눈으로 다 볼 수 없는 특별한 작목이다. 농업의 한 부류지만 농업에만 머무르지 않는다. 문화의 옷을 입고 예술, 여행, 건강, 미용, 종교, 디자인, 경관, 건축, 심리 등등 반영되지 않는 곳이 없을 정도다. 이것을 '조 수익'과 같은 틀 속에 넣을 수 없음이 일반적인 인식이다.

더 중요한 것 한 가지를 간과할 수 없다. 바로 심미적인 요소다. 마치 GNP와 행복지수인 GNH와의 구분과 어울릴 수 있다. 이 둘은 측정 방법과 기준 자체가 다르다. 조 수익은 전자의 GNP와 어울린다면 차가 가진 심미적 요소는 GNH와 어울릴 수 있다. 차가 우리 곁에 있다는 것, 차향과 아름다운 찻자리가 주는 그 단아한 미와 차분함, 이를 어떻게 돈의 가치로 환산할 수 있을까?

하동에서의 차는 하동을 상징한다. 이것이 발달하여 문화라는 자리를 차지하게 됐다. 차 문화다. 어떤 사람들은 이 말에 알레르기 반응을 보일 수 있다. 하동의 경우에도 역사적으로 도자기문화의 발원지로서 도자기 산업으로 이어졌을 것이다. 일본의 경우 찻사발은 곧 이도다완으로 완성됐다. 가치를 매길 수 없는 경지에 이르게 된 것이다. 지금까지는 주로 상징적인 의미에서 차를 얘기했다.

하동은 다양성을 지닌 도시라 할 수 있다. 하동을 방문하는 여행자 또한 특정 테마보다는 하동의 다양성에 가치를 부여하는 이들이 많을 것이다. 그중에서 독특한 한 가지를 선택하라면 '차 여행'이 아닐까? 생태나 자연 환경을 여행의 배경으로 삼는 것이 일반적이라면 차를 찾아 떠나는 여행은 색다른 느낌을 주기에 충분하다. 차 하나만으로도 훌륭한 여행 상품이 되고 여행의 '꺼리'를 제공해 줄 수 있기 때문이다.

앞에 얘기했던 것처럼 차는 탁월한 경관 작물이다. 경관은 더 이상 아름다운 경치로만 가치가 매겨지지 않는다. 시대의 변화에 따라 훨씬 더 큰 가치를 지니는 보고가 되고 있다. 경관이 받쳐주지 않는 곳은 더 이상 장소의 가치조차 따라주지 않는 시대가 됐다. 하동 차가 가진 경관의 가치를 금액으로 환산해 보면 어떨까? 제안해 본다.

다茶

한 잔의 차가 입으로 들어오기 까지

한 잔의 차가 입속으로 들어와 내 오장육부를 데워 놓기까지 절제되고 엄격한 차농의 행위가 있었다. 일종의 제사와 같은 '의식'을 치르는 경우다. 대부분 차농들은 곡우 전 찻잎이 돋아나기 시작하면 마음이 설레고 의식을 준비한다. 목욕재계는 물론 일체의 담배나 음주가무를 금하고 부부관계도 차를 만드는 기간에는 엄격히 절제한다고 한다. 꼭 그렇게까지 해야하느냐 물을 수 있겠지만 차이기 때문이다.

일반적으로 녹차의 경우 다음과 같은 제다 과정을 거치게 된다. 물론 제다 방법이 일률적이지 않음은 당연하다. 차농마다 제다법이 있다. 그렇기에 다양한 차 맛을 즐길 수 있고 차인들이나 소비자들은 그 '다른 맛'을 즐기게 되는 것이다.

– 찻잎 따기, 채엽菜葉

새잎이 돋아날 무렵의 하동은 아직 아침 공기는 차다. 이슬이 맺혀있기도 한다. 한 잎 한 잎 따는 과정은 절제된 행위예술이 된다. 수만 번 같은 행위의 연속, 무한 반복은 일종의 수행이다. 무아지경에 빠지고 모든 잡념이 없어진 채 몰입한다. 오직 '똑, 똑, 똑' 찻잎이 줄기에서 떨어질 때 나는 소리뿐이다. 소리와 내가 만나 밀어를 나누는 시간이다. 이를 즐기기 위해 해마다 채엽 철이 되면 지리산자락 다원으로 발걸음을 옮기는 이들이 적잖다. 이것이 노동이 되면 대가가 따르게 된다.

채엽에 최적화된 분들은 어머니들이다. 주로 7, 80세에 어르신 분들인데, 이분들은 노동을 적절한 놀이로 승화시킨 분들이다. 이분들에게 차밭은 삶의 애환을 풀어 헤쳐 놓는 곳이기도 하다. 시냇가의 빨래터가 그랬고 우물가가 그랬다. 모내는 논배미도 그랬었다. 농사일의 현장은 단지 농사일 그 원형에서 벗어나 삶의 희로애락이 점철되는 지점이다. 채엽 철의 다원은 구수한 노랫가락에서부터 한숨까지 터져 나오는 곳이다. 그러기에 차는 한 잔의 물과는 다르다. 입에서 입으로, 이 동네에서 저 동네로 전해져 오는 구전민요가 있다.

찻잎 타령
초 잎을 따서 상전께 주고 / 중 잎을 따서 부모님께 주고 / 말 잎을 따서 남편께 주고 / 늙은 잎을 따서 차 약 만들어 봉지 봉지 담아 놓고 / 우리 아이 배 아플 때 차 약 먹여 병 고치고 / 우리 아이 무럭무럭 자라서 경상 감사 되어 주소

해 질 녘이 되면 이 찻잎은 이고 지고 동네 어귀로 옮겨진다. 찻잎 수매가 약속된 시간과 장소에서 진행되기 때문이다. 주로 화개 지역의 대규모 제다회사에서 트럭으로 동네를 순회하면서 수매하는데 곡우부터 시작된 수매는 차 생산이 끝날 무렵까지 진행된다. 찻잎 가격이 하루하루 내려가는 것은 어쩔 수 없다. 이 무렵 악양면 하덕마을 앞 작은 마당은 잠시 만에 인산인해를 이룬다. 1창 2기, 1아 2엽이라고도 한다. 하나의 순에 잎이 2개인 것을 말하는데 좋은 차가 되기 위해서는 바로 1창 2기를 잘 골라야 한다.

- 숨죽이기, 탄방攤放

선별한 찻잎을 햇빛이나 그늘에 시들게 하는 과정이다. 일종의 전조라 할까? 태풍의 전조, 비의 전조는 오히려 고요하기까지 하듯 그 고요의 시간이다. 격렬한 운동을 앞두고 맨손체조나 몸풀기도 이와 같은 과정에 해당될 것이다. 사람의 일과도 그렇다. 명상한다든지 차를 마신다든지 산책한다든지 하여 몸과 마음과 생각을 유연하게 하는 시간이 필요하듯 제다

과정에서도 한창 싱싱한 찻잎의 기운을 빼고 바른 자세를 가지게 하는 시간이다.

아침이나 오전 그리고 오후처럼 채엽 시간에 따라 수분 함유율이 다르기에 시들 키는 시간도 차이가 나는 것이 자연스럽다. 주로 아침과 오전은 수분함유량이 많으며 오후에 채엽한 잎은 그보다 적다. 숨 죽이기 후의 적당한 함수량은 70%다. 수분이 너무 많으면 고온의 솥에 눌어붙기도 하고 덖을 때 분출되는 뜨거운 수분으로 인해 작업이 힘들게 된다.

대개 아침부터 차를 따기 시작 12시 정도 되면 오전 찻잎 따기가 마치고 그때부터 대략 7시간 정도면 시들키는 과정은 마무리가 된다. 이 시간 중에 한 번 정도 차를 섞어 준다. 이는 고루 시들키기 위한 과정이다. 너무 과할 경우 찻잎에 상처가 날 우려가 있음으로 과하지 않도록 한다. 이 정도 시간이면 찻잎은 절제되고 고요 속으로 빠져들어 갈 채비를 마치게 된다. '내가 난데..'라며 머리를 뻣뻣이 쳐들고 자기 성질을 부렸던 과거 혈기 왕성한 시절의 기질은 많이 줄어든 상태가 된다.

- 덖기, 살청殺靑

드디어 화기가 가해진다. 찻잎 속에 내재 되어 있는 모든 기운을 죽이는

하동학 개론

시간이다. 가마솥의 온도는 300도를 넘는다. 손끝은 뜨겁고 얼굴은 화기로 인해 붉어지고 땀범벅이 된다. 절제와 타이밍, 빠름과 느림의 순간에 찻잎은 생사의 기로에 놓이게 된다. 푸르렀던 날들의 시간은 과거다. 봄날에 일렁거렸던 다원에서의 추억은 잠시 내려놓아야 한다. 풀무 불에 무쇠가 달궈지는 시간과 같다. 이 시간을 잘 견뎌내야 한다. 너무 고열도, 너무 저열도, 너무 길어도, 너무 짧아도 한 잔의 차가 되는 것을 용납하지 않는다.

생리적으로는 효소의 활성을 파괴하여 발효를 억제한다. 찻잎이 가지고 있는 폴리페놀 성분의 산화를 막아 녹색을 유지한다. 차향을 돋아 주고 적절히 수분을 제거하여 이후의 공정인 비비기 작업과 장기간 보관을 할 수 있게 만든다. 여린 잎일수록 시간도 길고 온도도 높으며 센 잎으로 갈수록 그 반대다.

차농의 덖음 솥은 푸른 물결로 춤춘다. 불과 3분의 시간. 소리는 음악 템포의 빠르기인 알레그로로 시작된다. '톡, 톡, 톡', '따다다' 솥에 낙하한 잎은 소리로 반응한다. 차농은 이 소리로 찻잎의 상태를 가늠할 수 있다. 이윽고 모데라토와 안단테로 이어지더니 마지막에는 라르고 그리고 스타카토와 오랜 정적 속으로 빠져든다. 이 알레그로에서 정적과 고요까지의 시간은 그리 길지도 그렇다고 그리 짧지도 않다. 절묘한 시간이다. 과해도 안 되고 부족해도 안 되는 이 절체절명의 시간을 어떻게 가늠하는지는 화기를 다루는 차농만이 알 뿐이다. 어제의 나는 내가 아니다. 나는 이 찰나와 같은 시간을 견뎌냄으로 다른 내가 된다.

연우제다 서정민 대표는 첫 찻잎을 덖음 솥에 넣을 때 그 긴장과 흥분을 되새기며 마음을 가라앉히지 못했다. 약 80%의 가공 상태가 됐을 때를 일컫는 모차母茶를 온 식구가 둘러앉아 맛을 보는 그 시간 어머니 입에서 "좋다"는 말이 떨어져야 비로소 모든 긴장도 풀어진다고 한다. 부피로 하자면 처음 양의 30% 정도만 남는다. 나머지 70%는 모두 다시 자연으로 돌아간 것이다. 수율은 20%다. 80%의 수분은 공중으로 다시 날아간다. 무게도 마찬가지다. 찻잎 무게의 20%만 남게 된다. 결국은 부피도, 수분도, 무게도 다 날려 보내야 진정한 한 잔의 차가 되는 것이다.

- 비비기, 유념揉捻

찻잎의 세포막을 파괴해서 차가 잘 우러나게 하는 작업이다. 한자 말 그대로 주무르고 비비는 과정이다. 용광로에서 달궈진 쇠를 망치로 때리고 구부려 형태를 만들어 가듯이 찻잎도 이제부터는 형태를 잡아야 한다. 고의적인 것이 다분하다. 살청 상태는 일종의 무질서 상태다. 천지창조 전의 혼돈 즉 카오스다. 무질서 상태를 그대로 두면 무질서가 굳어져 더 이상 차로서의 기능을 할 수 없게 된다. 그 어떤 것, 무엇이든 허용되지만, 아

무엇도 하지 않았을 경우에는 아무 일도 일어나지 않는 상태, 이 상황에서 해야 할 일은 의도적인 충격이다. 주무르고 비비는 행위다.

비비기는 주로 밀고, 댕기고 즉 '밀당'이다. 밀당이 계속되면 찻잎은 적절하게 상처가 나게 되고 형태도 갖춰지게 된다. 처음에는 애기 엉덩이 만지듯이, 애인의 손을 잡듯이 조심조심해야 한다. 부피가 줄어들고 뾰족했던 끄트머리가 휘어진다.

15분에서 20분가량 진행되는 비비기 시간은 차 맛을 결정하는 중요한 과정이다. 찻잎이 부서지지 않고 잘 말려서 차 맛이 우러나게 해야 한다. 물론 이 과정만이 절대적인 것은 아니다. 전 단계인 덖기가 잘 돼야 비비기도 잘 될 수 있다. 그러니 어떤 과정도 허투루 할 수가 없다. 되돌리는 것이 불가능하기 때문이다. 각각의 행위 목적이 명확하다. 처음의 감촉은 까슬까슬하다. 3분 정도 지나면 액포가 터져 나오기 시작하고 부드러운 감촉이 느껴진다.

이 시간을 너무 길게도 그렇다고 너무 짧게도 할 수 없다. 적절한 시간과 적절한 타이밍이 필요하다. 너무 길거나 과할 경우 찻잎 고유의 형태가 훼손되고 성분 또한 과다 추출되어 원하는 차 맛을 낼 수 없다.

- 건조

살청과 유념이라는 격동기를 지낸 찻잎은 또다시 고요의 시간으로 접어든다. 태풍 전의 고요가 시들키기, 라면 태풍이 지나간 자리의 정적은 바로 건조다. 사람의 인생에서도 청년기의 격동기가 있고 중장년의 여유와 유유자적의 시기가 있듯이 생물도 차를 만드는 과정도 그렇지 않을까.

계절도 그렇다. 약동하는 봄, 열매를 키우는 여름, 그 열매를 숙성하고 익히는 가을, 다시 고요의 시간인 겨울, 이것이 반복적으로 일어나야 오곡은 여물고 동물들도 그 순환 사이클 속에서 성장하게 된다. 건조하는 시간은 무료하고 허탈하게 보내는 시간이 아니다. 겨울철이 어찌 무료하던가? 이 기간은 낮추고 절제하며 자신을 다듬는 시간이다.

두 번의 격동기를 지난 차는 이제 차 본연의 임무를 향해 성큼성큼 나아가는 중이다. 형태도 갖춰졌다. 한껏 무게도 뺐다. 겉으로 볼 때는 영락없는 완전한 차다. 그늘에서 자연건조 한다면 금상첨화일 수 있지만, 대량생산 시대이고 제품의 품질에 더욱 신경을 써야 하기에 기계건조를 선호하는 시대다. 문명의 이기를 이용할 수 있다면 그것도 좋은 것이다.

잘 건조된 차는 오랜 여행을 떠나도 문제가 없다. 먼저는 가벼워졌기 때문이다. 여행을 떠나기 위해 가장 먼저 갖춰야 할 것 제1 순위는 가벼운

짐이다. 소유하지 않으면 떠날 수 있는 것과 같다. 우리는 너무 많은 것을 소유하기에 쉽게 떠날 수 없다. 잘 건조된 차는 몇 개월 아니 몇 년은 거뜬하다. 수분이 최소화돼 부패할 여지도 많이 줄어들었다. 어지간한 환경에서도 견뎌낼 수 있는 맷집과 체력도 다졌다. 이제부터는 떠나면 되는 것이다. 다담이 있는 장소로. 그리고 어디든.

— 끝 덖기, 차 맛 내기, 가향加香

화룡점정畵龍點睛이라고 했다. 어디든 해당하지 않는 곳 있을까? 한 잔의 차를 마시는 일에도 용의 눈을 그리듯 마지막 절묘함이 필요하다. 끝 덖기다. 주로 가향이라고 했고 내 귀에는 시야기라는 말이 더 익숙하다. 어릴 적 우리 부모님은 직접 시멘트로 벽을 바르는 일을 하셨는데 마무리 작업을 시야기라 했다. 멋과 안정성까지 담보하는 작업이다.

광대치례廣大致禮라는 말이 있다. 광대가 지녀야 할 네 가지 자격조건이라고 해도 될 법한 말이다. 첫째는 인물 치례다. 광대가 인물이 되지 않고 어떻게 광대라 할 것인가? 둘째는 사설 치례다. 내 어릴 적 어른들은 말을 잘하는 아이들을 일컬어 '새살 좋다'고 했는데 아마도 '새살'은 이 '사설'을 일컫지 싶다. 셋째는 득음이다. 판소리의 경우 피를 토하는 과정을 넘어야 한다. 아무리 천성을 지녔다 하더라도 절대적인 노력 없이는 명창의 반열에 올라설 수 없었다. 득음은 경지를 일컫는 말이기도 하다. 마지막이 너름새다. 옷매무새라든지 손끝에 묻어나는 예기는 바로 반의반 끗 차이로 결정된다. 이것은 인물과도 다르고 머리와 노력과도 다른 보이지 않는 0.1인치다. 어쩌면 끝 닦기는 바로 이 너름새일 수 있다. 수많은 시행착오, 자신과의 싸움을 견뎌낸 후 그 자신이 된 모습, 폭풍에도 흔들림 없지만 작은 이슬 한 방울에도 흠뻑 젖는, 문자로나 말로나 표현할 수 없는 경지다. 그렇지만 분명 그 경지는 존재하고 이것이 전체를 좌우한다.

이 작업은 결국 보이지 않는 0.1인치다. 역동적이지도 않고 시간도 그렇게 오래 걸리지 않는다. 몸 전체가 아닌 손끝의 작업일 수도 있다. 고도의 터치, 감각, 이슬 한 방울의 무게만 작용할 수 있지만, 너름새로 광대는 평가되듯이 끝 닦기로 차는 맛을 좌우하게 된다. 80도의 경우 1시간, 120도의 온도는 20분 정도 소요된다. 구수한 맛, 맑은 맛, 드라이한 맛.... 이런 맛은 여기서 나오게 된다. 차농의 뒤끝이 터지는 완성도 높은 작업이다.

하동에는 200~300여 제다원이 있다. 이들은 모두 다른 맛을 가지고 있다. 이것이 하동의 특징이자 장점일 수 있다. 적어도 200~300가지의 맛을 지니고 있기에 소비자로서는 이보다 더 좋은 조건은 없다. 가향 작업이 이것을 가능하게 한다. 보성은 40개 정도라고 한다. 하동 차를 이처럼 다양하게, 폭넓게 체험할 수 있다는 뜻이다.

다茶

탄생 시기에 따라 다른 이름 다른 맛

차를 처음 대할 때 우전, 세작, 중작, 대작이라는 말을 듣게 됐다. 신기하기도 하지만 생소하고 차가 쉽지 않겠구나! 하는 것을 직감했다. 이들은 찻잎을 채취하는 시기에 따라 부르는 이름이다.

우전은 곡우를 전후하여 딴 찻잎으로 만든 차를 일컫는다. 아직 4월 20일이면 아침저녁으로는 찬 기운이 채 가시지 않을 시기다. 찬 이슬을 머금은 찻잎을 채취하기란 여간 고난의 일이 아닐 수 없다. 그런 다음에야 차 한 잔을 입에 머금을 수 있으니 그 귀중함을 표현하기조차 쉽지 않다. 이러기에 우전을 첫물차라 부르기도 한다. 1창槍 2기旗 즉, 하나의 대에 여린 두 개의 이파리가 받쳐주는 모양을 지니고 있는데 그 잎의 연약함에서 오는 맛이 순하다.

초의선사의 〈동다송東茶頌〉에 채엽 시기를 이렇게 기록 해 놓고 있다.

"곡우 5일 전이 가장 좋고 5일 뒤가 다음으로 좋으며 그 5일 뒤가 그다
음으로 좋다고 하였다. 그러나 경험에 따르면 한국 차의 경우 곡우 전후
는 너무 빠르고 입하 전후가 적당하다"

근래에는 오히려 곡우 열흘 전쯤에 우전이 채엽 되기도 하니 1786~
1866년에 생존하셨던 초의선사의 말도 200년이 채 지나기도 전에 시대와
맞지 않은 얘기가 됐다. 입하는 5월 5일, 오늘날 이 시기는 세작을 넘어 중
작이 나올 때다.

다茶

제다 방법에 따라 구분하는 6대 다류六大茶類

차는 미묘함이다. 미묘함에서 시작된 미세함의 차이가 이름조차 다르게 바뀐다. 그러니 미묘함이나 미세함을 허투루 보면 안 된다. 차는 발효 정도에 따라 탕 색이 다르고 곧 차의 종류로 구별된다. 이름하여 '6대 다류'라 한다. 하지만 잊지 말자. 차의 이름이 다르다고 찻잎까지 다르지 않다는 것을.

같은 찻잎으로 여섯 가지 차를 만들 수 있다. 그러니 사람의 손과 자연의 이치가 어울려 차의 외형과 맛을 구분 짓게 한다.

일반적으로 우리가 말하는 녹차는 비발효차다. 이 '녹차'는 세계 최초의 음료로써 중국 차의 종류는 1,000종이 넘는다고 한다. 수확되는 찻잎의 60%는 녹차로 만들어진다. 덖기 또는 살청의 과정을 거치기 때문에 폴리페놀산화효소가 활동을 멈춰 발효되지 않아 녹색을 유지한다.

백차白茶역시 비발효차다. 주로 일광에서 시들키기와 건조 단계를 거쳐 완성된다. 따라서 맑고 투명하나 난에서 나는 꽃향기 맛을 느낄 수 있다.

청차靑茶는 약 발효차다. 우롱차라고도 한다. 주로 위조, 주청, 살청, 유념 그리고 건조의 과정을 거치게 되고 부드러운 꽃향기와 달콤한 과일 향이 특징이라 녹차와 홍차의 중간 지대를 차지하는 맛을 가진다.

황차黃茶는 부분발효차다. 살청, 유념, 민황, 건조의 과정을 거친다. 민황悶黃은 황차 제조의 특징이다. 유념 후 습기가 있는 찻잎을 종이나 나무 상자에 넣은 후 차의 온열에 의해 발효가 일어나는 현상으로 이 과정을 거치면서 떫은맛이 약 60% 정도 감소하여 순하고 부드러운 맛을 내게 된다.

홍차紅茶는 위조, 유념, 발효, 건조를 거쳐 약 85~100% 발효가 된 완전 발효차다. 동양에서는 주로 홍차로, 서양에서는 말린 찻잎에서 검은색을 띤다고 해서 흑차 즉 블랙티Black Tea라 불린다. 중국에서 시작, 영국에서 꽃을 피웠다.

흑차黑茶는 살청, 유념, 건조, 퇴적 발효, 재건조 과정을 거쳐 미생물에 의해 발효가 진행된 후 발효차다. 퇴적 발효는 흑차 제조 과정의 특징이다. 차를 쌓아 두어 후 발효시켜 차의 풋내와 떫은맛을 없애 부드러우며 탕색은 짙은 홍색을 띠게 된다.

같은 재료로 성질이 다르거나 맛과 모양새조차 다른 것을 만들어 내는 것은 차만의 일이 아니다. 흙으로 빚은 도자기나 대리석을 깎아 만든 조각상들도 마찬가지다. 장인과 예술가의 손을 거친 흙과 대리석은 하나의 위대한 작품으로 탄생했다. 혼을 불어넣은 결과다. 발효를 하고 안 하고, 발효의 정도에 따라 차를 여섯 가지로 나누었다고 말했지만, 어찌 여섯 가지뿐일까. 보편적인 분류법에 의한 것일 뿐이다. 차농의 예리하고 민감한 터치는 훨씬 더 다른 차를 만들어 낼 수 있다고 봐야 한다.

숙성이나 발효는 식음료의 특별한 과정이다. 술, 빵, 간장, 고기, 된장, 치즈와 같은 것에서 숙성 과정을 거치지 않으면 제대로 된 맛을 낼 수 없다. 사람도 마찬가지다. 제대로 숙성돼야 인간다움, 그다움이 만들어진다. 제대로 우러난 차와 제대로 성숙한 사람은 같은 진리 속에 있다. 차는 그런 반열에 있다. 하동은 300명의 차농이 각기 다른 숙성방법과 차 빚기로 차향을 우려내는 곳이다. 그곳이 하동이다.

다茶

다맥茶脈과 제다 전승

가계의 족보처럼 다맥이 면면히 흐르고 있을까? 흐르고 있기를 기대했었다. 그렇지만 기계적으로 다맥이 이어져 왔다는 것은 차를 너무 인위적으로 생각한 결과일 수 있다. 공기가 기류를 따라 흐르기도 하지만 자유분방하게 기류에서 벗어날 수도 있는 것처럼 다맥이라는 것도 이어지기도 하다가도 단절되기도 하는 것이 자연스러운 이치라 생각한다.

이 땅에 역사적으로 차를 처음 대했다고 여겨지는 것은 4세기 무렵 백제 시대였다는 학설을 믿고 싶다(순천대 김대호 교수의 '한국 전통제다법 전승 양상에 관한 연구'를 본인의 허락을 받고 인용함). 백제는 중국 남조의 동진 및 유송으로부터 차 문화를 수입했음이 출토된 유물을 통해 확인된다. 이때부터 차는 주로 궁중 의례나 접빈용으로 활용됐을 것이다. 따라서 차 문화와 동시에 차도 수입된 것으로 추정된다.

그렇다면 이는 〈삼국사기〉의 흥덕왕 3년(828)에 당 사신으로 갔던 대렴이 차 종자를 가지고 와 지리산에 심었다는 것과 선덕왕(780~785) 때부터 차는 있는 것인데 이때 와서 아주 성해졌다는 기록과 충돌이 일어나게 된다. 이는 시배의 관점보다는 토종 차와 신품종 수입 차를 통한 원예육종 관점으로 봐야 할 것으로 본다는 것이 김교수의 논지다.

고려시대에는 더욱 차 문화가 활성화됐을 것이다. 물론 이 경우도 주로 궁중이나 상류층의 전용물이었을 것이다. 뇌원차는 거란에 대한 진상품의 하나였고 공을 세운 신하의 죽음에 부의품으로 하사했다는 기록이 있다.

조선시대에는 다소가 여러 지역에 산재했었다는 기록이 세종실록지리지와 신증동국여지승람에 기록되어 있다. 조선 후기에 들어와서는 본격적으로 덖음차의 제다법이 유입됐고 주로 사찰 등에서 제다가 흥행했었다. 19세기에 들어와 우리나라 차의 중흥기를 맞았다 할 수 있다. 특히 다산, 초의, 추사, 신위, 박영보 등은 그 중심에 있었던 분들이다.

해방 후 1980년을 전후하여 한국 차의 새로운 중흥기에 접어들게 됐다. 특히 농식품부에서 제다 관련 식품명인을 지정한 것은 그런 단적인 면 중에 하나다. 1999년 전통 수제 녹차 명인으로 지정된 박수근 명인, 2006년 우전차 명인으로 지정된 김동곤 명인, 2007년 죽로차 명인으로 지정된 홍소술 명인 그리고 2022년 작설차 명인으로 지정된 황인수 명인이 그 반열에 올랐다. 고인이 된 홍소술 명인의 뒤를 이어 아들 홍순창 씨가 2023년에 전수를 통한 명인의 대를 이었다.

이와는 별도로 현대식 제다 기법을 민간에 최초로 전승한 사람은 조태연가의 김복순 할머니로 인정받고 있는 것이 지역사회의 일반적인 인식이다. 1962년 9월 18일 경상남도위생시험소의 시험 성적을 거쳐 우리나라 최초의 상업용 차를 제조한 것으로 기록을 남기고 있다.

다맥을 진단하고 기록하는 일이 얼마나 어려운 일인지, 마치 공기를 잡음과도 다름없어 보인다. 그만큼 차는 역사적으로 민간보다는 왕궁이나 상류층에서 주로 의례나 접빈에 활용했기에 기록에 덜 익숙한 민간영역에서는 저변 확대라든지 유럽이나 일본의 도제 방식처럼 기록이 쉽지 않았을 것이다.

이에 대하여 김대호 교수는 "제다와 다례 등 차와 관련한 전승 양상이나 세력권은 일부 존재한다. 그러나 특수한 사례를 이유로 다맥이라는 인위적인 계보를 만들어 한국의 제다사에 보편적으로 존재했던 양식으로 규정하는 것은 무리한 주장이다. 차가 불가의 선 수행의 중요한 방편으로 역할을 해 왔지만, 법맥, 율맥, 강맥 등과 같이 전수 체계를 갖추고 체계적인 전승 교육이 이루어지고, 전수 의례를 통해 맥을 이어 오지는 않았다. 따라서 전승 양상, 전승 흐름, 00권역 차 역사 문화권, 세력권 등으로 표현되는 것이 적합할 것이다."라고 결론을 맺는다.

　그럴 수 있다. 그렇기도 할 것이다. 차이기에 그렇다. 공기처럼 자유분방하기 때문이기도 하고 민간요법처럼 전승됐을 수도 있기 때문이다. 차는 그렇다. 누가 전해줘서 알게 되기도 하지만 우연한 기회에 스스로 차를 알게 되는 것 또한 흔한 일이다. 어렵기도 하고 쉽기도 한 이유다. 지금 우리나라에 차가 흥행 중이다. 세대를 거쳐 대대로 이름 없이 차 농사를 짓고 차를 빚고 문화를 만들어낸 누군가의 노력이 있었기 때문이다. 그 '누군가'를 기억하기로 하자. 우리도 후세대 누구에게 '누군가'로 기억되기를 바라면서.

광양시 다압에서 내려다 본 평사리와 악양

제5장

평사리

평사리

평사리의 하동, 평사리의 악양

평사리에 무슨 특별한 것이 있을까? 휘황찬란한 상가가 밀집된 것도 아니고 군청과 시청과 같은 상징적인 건물이 있는 것도 아니고, 계단식 논밭에 동네 하나둘 정도가 자리하고 있을 뿐이다. 20년 전쯤에 최참판댁이 들어서고 관광객의 발길이 끊이지 않는 것은 근래에 생긴 현상이다. 하지만 하동을 말할 때 평사리를 말하지 않고 하동을 어떻게 말할 수 있을까? 할 수 있을진대 과연 제대로 말했다고 할 수 있을까?

어쩌면 하동의 대명사격은 화개장터나 청학동이 더 가깝다. 심지어 이들이 하동에 있는지조차 잘 알지는 못하지만, 대한민국 국민치고 화개장터와 청학동을 모르면 대한민국 국민이 아닐 수 있다. 평사리는 눈부시지 않은 하동의 또 다른 대명사다. 평사리는 하나의 지명이지만 동네 지명 하나로 끝나지 않는다. 어쩌면 하동을 넘어 대한민국 국민 고향 적 심성을 대변한다 해도 과언이 아니다.

하동을 설명하기 위해서는 좀 더 많은 단어가 필요하겠지만, 굳이 평사리는 설명이 필요 없다. 머리가 아닌 가슴으로 이해할 수 있는 곳이기 때문이다. 악양이라는 동네도 그렇다. 하동 안의 악양, 악양 안의 평사리지만 평사리는 더 이상 설명을 할 필요도 없는 특별한 곳이다. "어머니를 설명해 보시오."라는 말과 다르지 않다. 어머니를 어떻게 설명할 것인가? 그냥 어머니 그 자체로 모든 것은 설명이 된 것이다.

적어도 20세기에는 화개장터의 하동, 청학동의 하동이었다면 21세기를 맞아 평사리의 하동이 그 자리를 차지했다 할 수 있다. 시대정신이 반영된 것이기 때문이다. 시대정신은 몇 개의 사건이나 몇 명의 사람으로 만들어지지 않는다. 적어도 대양의 흐름 정도의 도도한 물결을 이룰 때 가능하다. 평사리는 그렇다. 시대정신으로 잉태된 이름이다. 우리가 살아가고 있는 2025년, 이 시대를 이끌어 가는 시대정신은 과연 무엇일까?

주류가 바뀌어야 시대정신이 바뀐다. 소수의 엘리트가 이끌어 갔던 1970년대 이후 대한민국의 시대정신은 산업화와 민주화 같은 몇 대의 기관차였다면 오늘날의 대한민국을 이끌어 가는 것은 깨어 있는 시민의식이며 그 의식의 뿌리를 이루는 것은 '민초'라 할 수 있다. 오늘날의 민초는 청년과 중년, 장년을 모두 아우르는 '개인'이다. 평사리는 그런 민초들이 탄생했던 못자리와 같은 곳이다.

 소설 〈토지〉가 그 원류일 수 있다. 소설 한 권은 단지 소설로만 끝나지 않을 수 있다. 시대를 반영한 것일 수 있고 의식을 반영할 것일 수 있다. 〈토지〉의 주인공은 굳이 최씨 가문의 최서희 일가가 아니라 그를 둘러싼 민초들이었다. 그 수많은 군상, 그들이 만들어 내는 토속적이며 짙은 땅 냄새가 〈토지〉를 이끌었다.

 오늘날 대한민국을 이끌어 가는 부류도 몇몇 스타가 아닌 태평양 바다 밑을 도도하게 흐르는 거센 조류와 같은 민초들이다. 이들이 조류를 만들고 흐름을 만드는 것이다. 평사리는 그런 시대적 정신이 깃든 곳이다. 소설이 만드는 허구적 이야기에 근원한다고 할 수 있지만 우리는 이미 허구적 이야기를 진실로, 우리의 진한 역사로 믿는다. 그것이면 되는 것이다. 소설 한 권은 허구적 이야기로만 잉태할 수 없다는 것을 우리는 알고 있다. 허구는 사실을 이끌고 사실은 허구를 낳기도 하기 때문이다. 어떤 것이 먼저인지, 어떤 것이 나중인지는 굳이 판결할 필요도 증명할 필요도 없다. 이 둘은 상호작용을 하고 서로의 자리를 양보하기도 하기 때문이다.

박경리의 평사리, 평사리의 박경리

박경리 선생은 평소 언론과의 인터뷰를 거의 하지 않았다. 작품에 집중하기 위한 선생의 자신에 대한 엄격함이 그 이유였을 것이다. 한 인터뷰에서 이렇게 말했다. "인생 자체가 문학입니다. 문학을 내 인생과 갈라놓지 않아요. 문학이 제 인생이고 제 인생이 문학입니다. 그래서 고향이다 친구다 모든 인연을 끊고 살았다고 해도 과언이 아니에요. 창작의 자유는 고독을 통해서 누릴 수 있기 때문이죠. 작가가 어디에 소속될 때는 창조성도 저당 잡히거든요. 자유는 쓸쓸하고 고독한 것이죠. 외로워야 자유로운 거예요". 원주에 살 때 시장이 가끔 행사에 초청하곤 했었다. 선생은 세속적인 일에 관계 안 하려고 안간힘을 썼다고 회고했다. 글 쓰는 것이 절반이라면 나머지 절반은 세속적인 속성과 투쟁하는 것이었다. 억울하기도 하지만 그런 갈등이 있었기에 작품을 쓰는데 치열한 충격파가 됐다고 했다. 그렇게 해서 써낸 것이 평사리가 주 무대인 〈토지〉였다.

선생에게는 하나의 본향과 하나의 이상향과 하나의 현세가 있었다. 통영은 선생이 태어나고 자란 본향이다. 선생의 뿌리와 같다. 원주는 현세다. 치열한 삶을 살았던, 그래서 소설 〈토지〉가 쓰인 곳이다. 평사리는 본향과 현세가 도저히 접근할 수 없는 이상향이었다. 소설은 현세에서 써낸 이상향인 것이다. 물론 거기에도 이념의 대립과 상하의 갈등과 반목과 죽음과 썩음과 같은 것들이 진토처럼 쌓인 곳이지만 작가는 결국 그가 상상한 이상향을 처절하게 그려낼 수 있었다. 선생은 선생이 그렸던 이상향을 평사리로 본 것이다.

평사리

박경리 생명 사상의 시원

흔히들 박경리 선생의 정신을 집약한 것을 일컬어 '생명 사상'이라고 한다. 누군들 생명을 소중히 하지 않는 사람이 있을까? 나는 누군가 습관처럼 내뱉는 박경리 선생의 생명 사상에 대해서 끝도 없고 시작도 없는 말이라고 치부해 버렸던 때가 있었다. 설명이 없고 무작정 '박경리의 생명 사상' 운운하는 이유 때문이었다. 그렇다면 박경리 선생의 생명 사상의 본질은 무엇일까? 생명을 사랑하는 것? 그것이 전부가 아니다. 부족함, 그 부족함으로 오는 한恨이다. 유한성, 단절성, 끝, 나약함, 질병과 죽음과 고통... 이런 것들이다.

생명 사상은 어릴 적 외할머니에게서 들은 단 한마디의 말에서 시작됐다. 할머니의 친정인 거제도에 가을이 돼 추수해야 하는데 호열자가 창궐하여 누른 황금벼를 수확할 사람이 없어 들판에 그대로 있었다는 이야기다. 결국 죽음이다. 죽음은 유한성의 초 극점이다. 극복할 수 없는 운명의 극치이자 종착점이다. 〈토지〉는 적어도 600명의 유한성의 극치들이 군상으로 모여든 집합소다. 그러니 얼마나 많은 목마른 생명이 우글거렸을까? 이 유한성을 극복하기 위해 처절한 싸움들이 벌어지는 현장이 〈토지〉의 평사리였다.

아이러니한 일이다. 유한성이 한으로 승화되고 그것이 생명 사상이 됐다니! 하기야 우리조차도 유한하기에 이렇게 생명을 순간적으로 부지하려고 발버둥 치고 있다. 그렇지 않다면 우리는 굳이 생명을 유지하려고 노력조차, 생각조차 하지 않을 것이다. 그러고 보니 얼마나 다행인가? 이 유한성이.

박경리 선생은 인터뷰에서 이렇게 말했다. "세상에 제일 무서운 것이 안 죽는 것이다. 아무리 지독한 박테리아도 생명일 때에는 죽이는 약이 있다. 죽음이 있기에 해결책이 있다. 안 죽는 것은 영원히 사는 것인데 정지다. 정지는 없는 것과 같은데 안 죽기 때문이다. 비닐, 쇠뭉치는 안 죽는다. 영원히 없다. 능동성이 없다. 이것이 제일 무서운 것이다. 별이 생명체가 없다면, 달도 별도 능동성이 없다는 것이다. 얼마나 황량하고 무서운 것인가?"

〈토지〉는 한에 사무친 사람들의 집합소다. 우리 민족을 한민족이라 하지만 어쩌면 한韓은 한恨일 수도 있다. 한恨을 극복하기 위한 민족적 대동 단결이 오늘의 한민족韓民族을 탄생시켰을 수도 있다. 지금껏 한恨은 부정 적 이미지를 지닌 단어였지만 박경리 선생의 한恨은 생명의 근원이요 삶의 의미이기도 하기에 결국 참된 생명으로 승화시킨 긍정의 신호요, 싹이라 할 수 있다. 그것이 〈토지〉가 거국적으로, 전 인류적으로 던져주는 메시지 라 할 것이다.

"버리지 않으면 안 될 경우 마지막까지 남겨 두어야 하는 것은 인간의 존엄성이며, 생명에 대한 외경인 것을 잊지 마십시오"라는 말을 선생은 어 느 인터뷰에서 했다. 나에 대한 자존심을 넘어 상대의 존엄성으로, 나아가 인간의 존엄성으로 급기야 모든 생명에 대한 외경으로 승화시킨 것이다.

평사리

시베리아 독수리, 북태평양 연어

하동에 시선을 두고 살아갈 즈음이 되면 하나둘씩 망막에 걸려드는 것들이 있다. 사람이 가진 망막의 거물은 성글어서 대부분의 큰 것들은 빠져나가기 일쑤지만 오히려 작은 것들이 성근 거물에 걸려드는 것은 아이러니한 일이다. 작은 것들이 눈에 더 잘 보이다니! 가령 큰 것들이라면 이런 것이지 싶다. 요즘 겨울이 되어도 강물이 얼지 않는다든지 봄이 너무 일찍 찾아온다든지 하여 매화, 배꽃, 벚꽃과 같은 봄꽃이 순서 없이 피고 진다든지 같은 것들이다. 누구나 눈만 뜨면 보이는 것들, 이것들로 인해 삼라만상을 바라볼 수 있고 세월이 흐른다는 것도 알 수 있다. '세상이 망조네'라는 말도 이런 것들을 바라봄으로써 나오는 말이다.

작아서 잘 보이는 것은 삽 겹 이상의 겹눈이 있어야 보이는 특이한 현상이다. 눈으로 보는 것이 아닌 가슴의 눈으로, 이성의 눈이 아닌 이상의 눈으로 바라보는 시선이 있어야 보이는 것이다. 오래 산다고 볼 수 있지도 않다. 물리적으로 살아낸 시간보다는 가슴으로 살아낸 시간과 어느 정도 비례를 한다. 그 하나의 사례를 에세이로 썼다. '시베리아 독수리와 북태평양 연어'라는 제목의 글이다.

강남 갔던 제비가 춘삼월이 되면 한반도로 돌아온다. 세상이 초현실주의 시대가 되어 제비 정도는 사람들의 눈에 잘 들어오지 않지만 눈여겨보면 영락없이 제비는 오고 간다. 제비는 한반도에서 집을 짓고 새끼를 낳은 후 늦가을에는 다시 강남으로 돌아간다. 그러니까 제비는 강남과 한반도를 셔틀 운행한다.

평사리는 또 다른 셔틀이 운행하는 종착점이자 출발점이다. 좀 더 정확히 말하자면 평사리 백사장이다. 11월 하순이 되면 시베리아에서 살던 독수리들이 섬진강으로 날아든다. 적어도 수십 마리는 된다. 드넓은 하얀 겨울 백사장을 활주로 삼아 빠른 걸음으로 내딛다가 하늘로 비상한다. 구재봉과 형제봉 하늘 위를 저공 비행하다가 백사장으로 안착하는 모습은 어떤 생태 다큐멘터리보다 감동적이다. 용기를 내어 가까이 다가가서 녀석들의 크기를 측량해 보면 적어도 초등학생 저학년의 덩치는 된다.

비슷한 시기에 평사리 백사장 섬진강에는 전라도와 경상도를 가로지르

하동학 개론

는 거대한 그물망이 쳐진다. 북태평양 연어들의 회귀량을 조사하는 시설물인데 전라남도와 경상남도가 번갈아 가면서 계수하고 결과를 공유한다.

나는 이것을 하나의 기적으로 본다. 모세의 기적만이 기적이 아니라 정해진 시기에 정해진 땅에 정확히 돌아오고 내려앉는 이 자연의 순리가 기적이 아니면 무엇일까? 평사리는 그런 곳이다. 차가운 북태평양을 떠나 수십만 리를 헤엄쳐 돌아오는 연어 떼들과 북태평양 고기압을 등에 업고 수만 리를 비행하여 날아온 독수리들은 평사리에서 만나고 비슷한 시기에 각자의 삶터로 돌아간다. 평사리가 종착점일 수 있고 출발점일 수 있다.

사람도 그렇다. 정처 없이 떠도는 것도 나쁠 것 없지만 정해진 두 공간을 셔틀 운행할 수 있는 것도 약간의 긴장감을 갖게 하고 일상에서 탈피 할 수 있게 한다. 그렇게 하기 위해서는 평사리 백사장과 같은 안락한 처소가 있어야 한다. 따뜻한 남쪽 나라 강남이나 시베리아 벌판, 북태평양에서는 가질 수 없는 특별함이 있어야 한다. 극한의 더위와 추위를 견뎌내다가 마음만 먹으면 은신할 수 있는 곳이 있어야 한다. 특정 장소 일수도 '어떤' 사람일 수도 있다.

춘삼월이 돌아오면 북태평양으로 연어는 새로이 떠나고 독수리들도 시베리아 벌판으로 돌아가지만, 그 자리는 강남의 제비가 차지하게 될 것이다. 연어처럼, 독수리처럼 마음먹으면 갈 수 있는 곳, 내 마음이 셔틀 운행할 수 있는 곳이 있어 준다면 이 난세를 이겨내기가 수월할 것이다. 연어와 독수리들의 평사리 백사장처럼. 그대에게 평사리 백사장 하나쯤은 있는가?

이 글은 평사리에 대한 나만의 예찬론이다. 겨울이 될 무렵에 모천회귀 어처럼 두 고등동물은 날아서, 헤엄쳐서 고향으로 돌아온다. 그리곤 하나는 다시 북쪽으로 긴 꼬리를 남기고 돌아가고 하나는 그의 자손을 남기고 세상을 하직한다. 기구한 운명들이다. 평사리는 떠남의 장소이기도 하고 귀향의 장소이기도 하다. 삶과 죽음이 이곳에 함께 머무른다. 그래서 나는 평사리를 그렇게 생각한다. 하동의 또 다른 이름 대명사라고. 너무 하동을 낮게, 천하게, 약하게 표현했다고 나무랄 사람도 많을 것이다. 어쩔 수 없다. 이는 한 개인의 편견에 의한 것이기도 하니까.

우리는 너무 드러난 것, 물리적인 것에 치중해 살아간다. 관념적인 것들, 은유적인 것들에 대해서 가치를 적게 매기기 쉽다. 1차원적인 것들과 이런 2차, 3차원적인 것들이 상호 소통되고 융화될 때 장소는 더 풍성해질 수 있지 않을까.

평사리

평사리 사람들

사실 우리 모두는 평사리 사람들이다. 평사리 그 자체가 하나의 세상이니까, 우리가 살아가는 세상이니까 그 누구도 평사리 사람들에서 제외될 수 없다. 지리적 평사리는 하나의 상징이다. 청학동이 상징이듯. 갈망의 땅, 피안의 땅이기도 하다. 높지만 낮다. 낮지만 높다. 평평하지만 굴곡이 심하다. 없지만 있다. 멀리 있기도 하지만 바로 곁에 있다. 진주와 같은 보석이기도 하지만 모래처럼 흩날리는 바람과도 같다. 평사리는 모두에게 허락되고 누구나 평사리의 주민이 될 수 있지만, 그렇게 쉽게 디딜 수 있는 땅이 아니기도 하다.

20년 동안 평사리로 드나들었던 사람이 있다. 벼슬도 아닐진대 사명자처럼 방 하나를 지켰다. 최영욱 시인은 평사리의 대명사 격이다. 여기에 토를 달 사람 또 없지 않겠지만 내게 '평사리' 하면 최영욱 시인이 떠오른다. 어쩌면 평사리라는 땅은 이런 사람에게 열려 있는지도 모른다. 차와 술을 바꿔 먹는 사람, 토지의 용이처럼 헤픈 인정도 평사리답다.

그에게 있어서 평사리는 무엇일까? 안방 궤짝 깊은 곳에 조상 대대로 지켜 내려온 땅문서 정도는 아닐까? 굳이 이 땅문서는 화폐로 교환할 수 없는 가업과 같은 것이다. 오늘날의 등기부 등본과는 태생 자체가 다르다. 산업자본과 같은 부동산이라든지, 부의 상징이자 외래어로 뒤범벅이 돼 말하기조차 어려운 아파트와는 하늘과 땅의 거리보다 더 멀다. 최영욱 시인에게 평사리는 궤짝 아래 어두운 곳에 감춰 놓은 토지문서와 같은 존재다. 처분할 수 없는 무가치한 존재인 것이다.

그의 시집이자 시이기도 한 〈다시, 평사리〉는 그의 생김새처럼 성글고 낡고 야위었다. 그의 목소리로 이 시를 들어 보자.

다시, 평사리
야윈 곳간이 늘 문제였다 / 부우면 언젠가는 채워질 거라는 말은 / 꽃이 피면 다시 올 거라는 말처럼 / 헛된 것이라서 쓸쓸했다 / 날이 저물면 저녁이 찾아들 듯 / 날이 새면 어김없이 오르던 평사리 ― 行 / 늙은 자동차도 길을 다 외워 차도 나도 편안했던 / 평사리 ― 行 이십여 년 / 이젠 늙어 기다릴 사람도, 받을 기별도 더는 없어 / 빈 곳간들을 사람으로, 문장으로 채워놓고 / 내 언젠가는 최참판댁 솟을대문을 등 뒤로 두고 /

개치나루 쯤에서 나룻배 하나 얻어 타고 / 흐르듯 떠나가겠지 / 나는 늘 평사리에서 누군가를 기다렸지만 / 이제 평사리가 나를 기다려도 좋지 않을까 / 싶은 것이다 / 평사리 — 卌

20년 동안 행行만 하던 그는 지금은 출出하고 없다. 말은 습관이 되고 습관이 되면 운명이 되는 것처럼 그의 소원처럼 평사리 사립문을 출出해버린 사람이 되었다. 아마 모를 일이다. 개치나루에서 용이나 바우 영감 만나 막걸리 한잔하고 세상 가는 줄 모르는지도.

과연 출出했다고 해서 영원히 떠나버렸을까? 진짜 오지 못할까? 잊혀버렸을까? 평사리는 그럴 수도 그렇게 하려 해도 할 수 없는 곳이다. 떠난다고 떠날 수도 없고 떠나보낼 수도 없다. 그러니 그는 눈앞에는 없지만 지워지지 않는 평사리 사람이다.

어쩌면 그는 상징적인 존재일 뿐이다. 그가 없어도 평사리는 존재한다. 평사리는 평사리에서 먹고 자고 일어나고 그 땅에 빌붙어 사는 사람들의 땅이다. 지리적으로 평사리라는 땅에서 흙냄새를 맡고 길거리에서 노점도 하고 가을에는 대봉감으로 곶감 만들어 걸어 놓고 살아가는 평사'리' 사람들이다. 그들은 굳이 자신이 평사리에 산다든지, 평사리 사람이라든지라는 자각이 필요 없다. 그것은 그들에게 중요하지 않기 때문이다. '운명인 것을, 이것이 내 운명이거늘~' 하면서 넘어가지 않는 침 삼킬 필요도 없는 것이기 때문이다. 어쩌면 이들이 〈토지〉의 등장인물들이요 주인공들이기도 하다. 나는 가끔 평사리를 오르내릴 때 그들이 곧 내 손을 잡아 줄 것처럼, 같이 앉아 막걸리 한 사발 하자고 옷자락을 끌어 당겨줄 사람처럼 여긴다.

평사리

그림이 되는 세상 유일의 들판

들판이 하나의 거대한 캔버스가 되는 곳이 있다. 그곳에 서면 누구나 그림이 되는 곳이 있다. 그러니 그는 행위예술가요, 대지 예술가가 되기도 한다. 평사리 들판이다. 그곳에서 자전거를 타고 농로를 달리거나, 출렁거리는 청보리밭에 서서 물끄러미 바람을 잡으려 하거나, 제방에 앉아 평사리 들판과 형제봉을 응시하거나, 트랙터를 몰고 논을 장만하거나, 그 뒤에 수백 마리의 학이 날아가거나, 괭이나 삽을 어깨에 메고 물꼬를 보러 가거나, 아이와 달리기하거나, 모내기하다가 논두렁으로 나와 막걸리를 한잔하거나, 가을 황금들판에 콤바인이 길을 만들거나 그가 누구이든 무엇을 하든, 신분이 높든 낮든, 나이가 많든 적든, 남자든 여자든, 즐겁든 괴로움 가득 담았든… 모든 이곳에서의 인간의 동작은 그림이 된다.

　오월과 유월 사이에는 하늘이 들판으로 내려오고 산도 내려와 함께 장난

치며 노는 계절이 된다. 이 시간은 불과 1주일 정도뿐이다. 강 건너 백운산과 매봉이 그대로 평사리 들판에 내려와 앉는다. 동네 하나가 통째로 무논에 내려오는 때도 바로 이때다. 상평마을 전체가 모를 내기 위해 장만해놓은 무논에 내려와 논배미가 하나의 마을이 되기도 한다. 마치 견우와 직녀가 만나는 것처럼 5월 중순 어느 날 즈음 평사리 들판은 산과 하늘과 마을이 만나 서로 의좋게 춤추는 날이 된다.

이곳과 비슷한 곳이 우리나라에 몇 곳이 있다. 강원도 양구군 해안면 일명 펀치볼이라는 곳과 경남 거창군 가조면이다. 한 군데 더 말하라면 합천군 초계면인데 이곳은 운석 충돌구로 하나의 분지가 됐다. 펀치볼의 경우 들판의 규모나 모양새가 악양과 평사리 들판을 그대로 빼 박은 듯했다. 하지만 그림까지는 아니었다. 주변을 둘러싸고 있는 산이 송곳처럼 뾰족하기 때문이다. 가조와 초계는 들판의 크기가 너무 크고 넓어 이 산에서 저 산까지의 거리가 까마득하다. 그러니 이곳들은 누구도 그림이 되지 않을뿐더러 5월 중순에 산이나 하늘이나 마을이 들판으로 내려오지도 않는다.

그러니 여행지는 더더욱 될 수 없다. 무엇일까? 무엇이 들판을 그림이 되게 하고 그렇지 않게 하는 것일까? 이 산과 저 산의 거리 즉 이상적 거리 때문이었다. 나는 그 사실을 깨닫고 하나의 글을 남겼다.

이상적 거리

지구와 태양의 거리는 1억 4,960만 km다. 빛의 속도로 달려오면 8분 20초가 걸린다. 태양과 금성과의 거리는 1억 820만km, 태양과 화성과의 거리는 2억 2,800만km다. 태양계의 마지막 별이라 할 수 있는 명왕성과 거리는 60억km다.

인간이 지구별에 살게 된 것은 1억 4,960만km가 준 선물이다. 인류가 다른 행성의 생명을 찾아 떠난 지 반세기가 넘었다. 우주선이라는 도구를 활용해서만 그렇다. 그보다 훨씬 이른 지금부터 수백 년 전 아니 수천 년 전부터 인류는 또 다른 지구를 찾아 떠났었다. 비록 지구라는 별에 앉아서 떠난 여행이기는 하지만.

금성은 지구보다 약 4천만 km 가까이 있으므로, 화성은 지구보다 7,800만 km 멀리 있으므로 생물이 살 수 없는 무 생명 지대가 됐다. 그렇다면 지구는 그 절묘한 거리에 있는 셈이다. 이 절묘한 거리가 생존지대로 만들어 놓았다.

하동이라는 작은 별이 있다. 그중에서 악양이라는 더 작은 별이 있다. 이 동네는 꼭 손바닥 같아서 손바닥 가장자리에 서른 개의 동네들이 반짝거리며 언덕에 걸터앉아 있는 모습을 하고 있다. 그러니까 가운데 부분은 뻥 뚫려 있고 동네가 아닌 넓은 들판이 차지하고 있다. 겨울이 되면 들판은 비어있고 봄부터 가을까지는 초록으로, 황금색으로 변하게 된다.

이쪽 동네와 건너편 동네와의 거리는 직선으로 하면 약 2km. 이 절묘하고 기이한 거리가 태양과 지구와의 거리처럼 이상적인 거리가 됐다. 잡으려고 달려가면 도망가고 도망가다가도 잡힐 듯하는 이상적 거리가 악양이라는 동네를 형성하게 만들었다. 금성처럼 태양과 조금 더 가깝든지 화성처럼 조금 먼 거리라면 잡히고 도망가 버렸을 것을 이상적인 거리가 잡히지도 그렇다고 영원히 떠나버리지 않는 절묘한 거리가 됐다.

이 거리는 지구와 태양의 거리처럼 숫자로 계산할 수 없다. 숫자로 계산할 수 없는 말 그대로 '이상적' 거리기 때문이다. 측정하려고 하면 도망가고 그냥 두면 눈에 아른거리는 무릉도원이나 파라다이스의 숫자이기 때문이다.

이상적 거리가 악양을 악양되게 했다. 다른 것은 이상적 거리에 보조 격역할만 할 뿐이다. 부부송이든지, 평사리라든지, 백사장이라든지 하는 것들은 이 이상적 거리에 얹혀 있는 하나의 객체일 뿐이다. 모든 것은 바로 이상적 거리가 만들어낸 현상이다.

이상적 거리는 그런 것이다. 다른 모든 것을 상대화시키고 객체화시키는 역할을 한다. 이상적 거리에서 한 걸음이라도 물러나거나 가까이 있을 때 차가움과 뜨거움을 겪게 된다. 사람의 일도 그렇다.

평사리

봄이 가장 일찍 도착하는 곳

평사리는 대한민국 최남단이 아니지만 봄은 가장 일찍 오는 곳이다. 거제나 남해와 같은 남쪽의 해안보다 봄이 일찍 찾아온다. 왜일까? 해풍이 찬 바람을 몰아오는 해안변의 동네들과는 차원이 다르기 때문이다. 그곳이 지리산의 남쪽이기 때문이기도 하다. 뒷산은 형제봉, 앞산은 구재봉이 있어 찬 기운은 막아주고 따스한 기운은 가둬 온기가 들판을 휘감아 돌게 만든다. 이것은 자연적이며 사실적이기도 하지만 나만의 상상력과 의미 부여에 의한 것이기도 하다.

역사라는 것도 그렇다. 역사가 완벽한 사실에만 기초할까? 어떻게 완벽하게 사실을 기억하고 기록할 수 있을까? 오늘 우리가 배우는 역사라는 것은 일점일획도 오류가 없는 '사실'일까? 모르긴 모르되 역사가라는 사람들의 상상력이 상당히 작용한 것은 아닐까? 나는 그렇게 믿는다. 그래야 역사이기도 하다. 상상력에 따라 역사는 또 다른 역사를 낳게 된다. 상상력이야말로 인간이 지닌 최고의 능력이자 자산이다. 인류는 상상력만큼만 성장하고 그만큼만 나아갈 수 있다. 상상하지 않으면 그 이상의 것을 넘을 수 없다.

　내가 상상하는 평사리는 그렇다. 가장 따스한 곳이다. 누구는 온도계로 측정해 보라 할 수 있지만, 그것은 일차원적인 관념이다. 이미 평사리는 그렇게 자리매김해 있다. 사람이 머물지 않는 곳, 사람이 찾아오지 않는 곳은 아랫목처럼 뜨거운 곳이라 할지언정 따스한 곳은 아닐 수 있다. 봄이 오면 가야만 하는 곳, 그곳에 가면 손잡아 주고 반겨줄 수 있는 사람이 버선발로 쫓아 나올 수 있는 곳, 시집 한 권만으로 달포는 견뎌 낼 수 있는 곳, 한 곳에 앉아 서너 시간 정도는 초점 흐린 눈으로도 시간 가는 줄 모르는 곳, 그런 곳이 봄이 처음 찾아오는 곳이다. 나는 평사리를 그런 곳으로 본다. 상상 속에서 나를 품지 않는 곳은 결코 봄이 올 수 없는 곳이다. 상상이 모든 것을 좌우한다.

평사리

구례 사람 이시영의 '하동'

하지만 때로는 나와 내가 사는 고장에 대한 객관적인 시선, 그 시선으로 바라 볼 필요가 있다. 하동사람이 아닌 타인의 시선을 빌려도 좋을 듯하다. 시인 이시영은 구례 출신으로 세상에 그 이름 석 자가 또렷한 사람이다. 2017년에 〈하동〉이라는 시집을 출간했다. 고향이 구례인 시인이 하동을 소재로 그것도 대표 시로 시집 제목까지 하동으로 했으니 자못 흥미로운 일이 아닐 수 없다.

그가 생각하는 하동은 무엇일까? 어떤 그림일까? 여든을 바라보는 시인이 관조한 하동은 삶의 끄트머리쯤에서 어떻게 다가왔을까? 강은 인생과 무척이나 닮았다. 탄생이라 할 수 있는 발원지, 소년기와 같은 모습의 개울을 거쳐 청소년기와 청년기, 중년기와 결국은 황혼의 노년기를 지나 영원한 본향인 바다에 이르는 여정은 강이 곧 인생이요 인생이 곧 강임을 부인할 수 없다.

이시영 시인이 바라봤을, 그가 맨발로 걸었을 섬진강 평사리 백사장에서 오십 리 정도만 내려가면 노량바다다. 발원지부터는 어언 500리가 넘을 길고도 험한 길을 달려온 것이다. 시인은 쉼 없이 달려온 길을 회상해봤을 것이다. 해 질 녘 백운산 산그림자가 백사장에 드리울 때쯤이지 않았을까? 고개를 오른쪽으로 돌리면 노고단과 그 아우뻘쯤 되는 왕시루봉이 손짓하는 것도 바라봤을 것이다.

장소는 때론 의미가 되는 곳이다. 고향이라는 것도 특별한 뭐가 있기도 하겠지만 고향이기에 특별하기도 하다. 시인은 하동에서 인생을 관조하고 지나온 길을 회상할 수 있는, 그 물의 고요와 숙연함을 읽어냈다.

"하동이면 딱 좋을 것 같아", 뭘 해도 좋을. 삶을 살면서 떠나고 싶은 장소가 있다면, 무엇을 해도 좋을 곳이 있다면 그래서 무작정 훌쩍 떠날 수 있다는 것은 피곤한 삶을 기댈 수 있는 든든한 나무 한 그루와 같다. 구례 사람 이시영은 그곳을 하동으로 봤다. 그곳이 평사리 백사장이었다. 평사리는 그런 곳이다.

화개장과 남도대교, 산과 강, 바다의 접점이다

제6장

화개장

화개장

'화개장'으로

화개장터가 부활의 몸짓을 하기 시작한 것은 1997년경이다. 당시 조영남이 부른 '화개장터'로 인해 전국에서 구름떼처럼 관광객이 몰려들었다. 이를 반갑게 여긴 정구용 군수가 화개장터 재현에 나섰다. 화개천 건너 화개면사무소 앞 두어 떼기의 논배미를 매입하여 낮은 땅을 성토하고 그 위에다 초가 형 목조주택을 지었다.

처음에는 입점자를 확보하기 위해 구걸하다시피 해서 장옥을 채웠다. 그러나 개장 후 불과 몇 년도 지나지 않아 땅값이 천정부지로 뛰었다. 입점 희망자는 넘쳐났고 급기야 여러 가지 조건에 맞는 사람들을 대상으로 추첨을 통해 선발하는 사태가 발생했다.

2014년 11월 어느 한적한 새벽에 화개장터는 불바다가 됐다. 목조 식

초가는 순식간에 잿더미로 변했다. 새벽에 현장에 도착한 나는 이 장면을 강 건너 불구경하듯 보고만 있을 수밖에 없었다. 남은 것은 타다 남은 '화개장터'가 새겨진 장성의 쓴웃음뿐이었다. 2020년 근 20년 만에 다시 수해를 입었다. 넘쳐나는 강물에 화개천이라는 '숫 강'까지 옆구리를 치고 들어와 강물은 오갈 데 없이 막혀버렸다.

소설 〈역마〉는 지금으로서는 상상할 수 없는 허구적 이야기지만 화개장터 얘기였기에 사실처럼 여겨진다. 화개장터는 일제강점기 무렵까지만 하더라도 일본과 중국 상선이 드나들었다 한다. 그러니 계연과 성기는 필연적으로 태어날 수밖에 없는 인물이었다.

'화개장'이 '화개장터'로 바뀐 것은 노래 한 곡 때문이었다. 김한길 씨가 가사를 쓰고 조영남 씨가 곡을 붙였다고 한다. 그 후로부터 '화개장'은 '화개장터'가 됐다. '장터'는 빈터로 있다가 오일장으로서 장이 파하면 다시 빈터로 남아 있는 곳이다. 지금의 화개장터는 빈 공간이 아니라 신식점포로, 각종 산물과 방문자로 넘쳐나는 곳이다. 그러니 장터라는 명칭은 지금에는 어울리지 않는다.

'화개장'이 되어야 한다. 장터는 과거형이다. 현재형의 이름을 찾아야 한다. 지금의 손바닥 같은 좁은 공간이 아니라 화개면 탑리 전체를 화개장으로 확장해야 한다. 장옥 입점자들만의 전유물이 아니라 주민과 방문자 등

하동학 개론

모든 사람의 장이 되어야 한다. 양조장도, 골목길도, 강 건너 광양의 다압과 구례의 간전도 품어야 한다. 잘라 버렸던 줄배도 다시 이어 주어야 한다. 그래야 성기도, 계연도, 소금장수도 다시 만날 수 있다. 화개장터만으로는 불가능하다.

　화개장에 하역된 소금은 벽소령을 넘어 함양과 무주로 넘어갔다. 이 길은 소금 길이다. 소금 길은 곧 생명 길이다. 화개장이어야 생명 길도 복원될 수 있다.

화개장

가항종점

하동포구의 연장을 팔십리라고 한다. 그래서 '하동포구 80리'라는 노래까지 있다. 이 포구를 세 번 이상 걸어 본 결과 실제 거리도 80리라는 것을 알게 됐다. 고포 해안에서 화개장까지의 거리다. 80리라는 것은 감정상의 거리라고 들었지만, 실제 거리도 80리였다. 100리나 50리가 아닌 80리는 서정성이 울렁거리는 거리다. 넘치지도 않고 모자라지도 않는 중용의 거리다.

이 80리쯤에 화개장이 있다. 거룻배나 화물선이 도달할 수 있는 최종 기점이기 때문이다. 한때는 피아골 입구까지 화물선이 올라갔다는 기록도 있지만 어떻든 화개장이 가항종점可航終點임에 이의를 달 사람이 없지 싶다. 그랬기에 여기에 화개장이 서는 것은 필연적이었다. 임산물과 해산물, 해양 문명과 산악 문명이 점철되고 서로 얼싸안는 곳이었다.

어디 해양 문명 뿐이었겠는가? 이 둘의 접점에는 온갖 세상 사람들과 그에 따르는 세상사들이 모여들었음에 틀림없다. 오늘날 섬진강의 가항종점은 어디쯤일까? 재첩 배 정도 드나드는 곳을 가항종점이라 할 수 없지 싶다. 재첩만으로 문물의 흐름을 측정하기는 불가능하니까. 적어도 소금 배 정도는, 이삿짐 정도는, 쌀가마니라든지 강 건너 광양의 매실 가마니 정도는, 악양의 대봉감이나 적량면의 밤 정도는 싣고 오르내려야 가항종점이라 할 수 있다.

물론 산업의 체계가 완전히 바뀌어 배로 실어 나르는 시대는 아니지만, 그와 유사한 기능을 할 수 있는 포구는 목도의 하동포구 공원쯤이 될 것이다. 하동포구공원은 화개장과 고포항 중간 즈음이다. 가항종점이 40리 이하로 내려왔다는 결론이다. 한때 이 하동포구에서 여수까지 여객선이 잠시 운항했던 적이 있다. 수요가 없어 항로가 폐지됐다. 하지만 이제 하동포구공원은 공원 이상의 장소는 아니다. 재첩잡이 배의 출항과 귀항 정도를 담당하는 포구다.

이제는 가항종점이라는 것은 없어졌다. 그 의미조차 되새길 필요가 없는 세상이다. 어디든 가항이다. 바다 끝도, 히말라야 정상도, 아라비아 사막도, 아마존 밀림 지대도, 심지어 달과 화성과 금성을 넘어, 목성과 토성을 넘어 태양계를 벗어난 곳도 더 이상 가항종점이 아닐 수 있다. 우리 은하 나아가 우주의 끝 정도 아닐까? 차라리 인류의 가항종점은 상상력의 종점이다. 화개장은 그랬다. 바다와 산의 만남의 종점이었고, 인간애의 집결지였고, 오욕칠정의 집합지였고 거기 어디쯤이 우리 상상력의 종점이었다. 그러니 화개장은 가항종점 이상의 장소였다.

화개장

그곳에 소금 길이 있었다

벽소령碧霄嶺은 푸른 밤하늘 고개라는 뜻인데 아마도 이곳에서 보는 밤하늘이 검지 않고 푸르렀기 때문이지 않을까? 등산이 취미인 사람들에게 지금의 지리산 종주는 그리 어렵지 않은 일이지만 등짐 지고 벽소령을 넘나들었던 사람들에게 벽소령은 푸른 빙벽을 오르내리는 것만큼 고행이었으리라.

언젠가 일행과 함께 벽소령을 도보로 넘었던 적이 있다. 소금 길을 답사하기 위함이었다. 당시 함양 쪽의 도의원이 도의회에서 소금 길 복원을 제안했다는 소식을 접하고 나서다. '그 길이 소금 길이었다니!' 업무의 하나라 생각했으면 나서는 길이 즐겁지 않았겠지만, 오히려 소금 길이라는 이름이 호기심을 작동시켰다. '보부상들이 짐을 지고 날랐던 그 길, 맨발인들 걸어보지 못할 것이 무엇이겠는가!'

벽소령에서 화개 의신마을로 하산하는 길은 안개 속의 가는 길처럼 잡목과 무너져 내린 돌 사이에 어렴풋이 길이 있었다는 것을 감지할 수 있었다. 몇 번 미끄러지고 넘어지기도 했지만, 삼정까지 큰 어려움 없이 당도할 수 있었다. 그러나 이것이 짐을 지고 신발도 변변찮고 겨울철 눈이라도 내렸다면 말은 달라진다. 그것이 어물이라든지 소금이라든지 하여 날씨의 변동에 따라 쉽게 상하게 되는 것이라면 한시도 지체할 수 없다.

그 후로 소금 길은 내 뇌리에 늘 잠재하고 있었다. 소금 길은 생명 길이다. 티벳고원과 같은 곳에서도 어김없이 소금 길은 있었다. 소금 없이 살아갈 생명이 없기 때문이다. 양이나 말 같은 동물조차도 소금을 섭취해야 했다. 어릴 적 우리 집의 가족과 같았던 황소도 소금을 섭취했다. 우리 아버지는 소가 마실 물에 자주 소금 한 줌을 넣어 주시곤 했었는데 다 그런 이유에서였다. 생명을 섭취하는 행위와 같은 것이다.

전라도 신안과 같은 염전이 있던 곳에서 점 같은 섬을 돌고 돌아 섬진강으로 올라온 소금 배들은 화개장에 하역했다. 좀 더 오래전에는 피아골이나 지금의 구례구역까지 올라갔다는 기록도 보이지만 일반적인 가항종점은 화개장이기 때문이다. 화개장 건너 구례 간전과 광양 다압 그리고 화개장 쪽에는 소금을 하역해 놓을 수 있는 창고가 즐비했다고 한다.

화개에서 남도대교를 건너면 바로 만날 수 있는 마을이 광양시 다압면

염창마을이다. 鹽倉(염창)이라는 한자 지명에서 알 수 있듯이 이곳은 배들이 싣고 온 소금을 저장했던 창고가 있던 곳이었다고 해서 붙여진 마을 이름이다. 화개면 상덕마을에서 바라보면 바로 손에 잡힐 듯 보이는 마을이다. 염창마을은 산자락에 동네가 형성돼 있고 아마도 소금창고는 강변 언저리 즈음에 있었을 것이다. 그 '염창'을 찾으려 해도 흔적조차 없었다. 그 창고에 하역된 소금은 몇 날 며칠 머물렀겠지만 결국은 신흥과 범왕을 거쳐 의신, 삼정을 지나 벽소령을 넘었을 것이다.

벽소령을 넘으면 함양 마천, 남원 운봉, 인월, 산내와 같은 산동네들인데 그곳의 시장에서 소금은 임산물들과 교환되어 다시 벽소령을 넘어 화개장에서 귀한 손님이 됐다. 짐작건대 함양과 남원을 넘어 무주구천동까지 이르지 않았을까? 이들은 다시 섬진강으로 내려가는 배에 실려 하동읍내로, 소금이 출발했던 전라도 항·포구로 실려 나갔다. 소금은 결국 숯이나 인삼이나 대추나 하는 임산물들과 교환되어 항·포구들의 시장에서 거래가 됐을 것이다. 이런 물산들이 1차 중개가 됐던 곳이 다름 아닌 화개장이었다. 화개장은 보내고 맞이하고 교환했던 중개 지역이었다.

화개장

화개장 화재 사건

2014년 11월 27일 새벽, 새벽잠에 깊이 빠져 있던 나는 전화 한 통을 받고 화개장으로 미친 듯 달려갔다. 이미 장은 화염에 휩싸여 있었고 그 열기에 접근조차 하기 어려웠다. 오로지 내가 할 수 있었던 것은 강 건너 불구경이었다. 온종일 탑리는 불 냄새로 가득했었다. 이 광경을 사진을 찍고 글을 써서 나의 세 번째 책 〈평사리 일기〉에 남겼다. 책으로 남기지 않으면 잊어버리는 습성이 있기에 나 자신도 망각하지 않기 위해서였다.

화개장터에 서서
십일월 스무이렛날 새벽 / 너는 화신이 되었다 / 오로지 이슬과 새벽별만 깨어 있는 시간에 / 훨훨 날려버려라 / 활활 태워버려야 / 질투여 / 나눔이여 / 미움이여 / 하나 되어라 / 東西여 / 南北이여 / 빈자와 부자여 / 너 이 새벽에 火神이 되었으니

236

하동군은 신속하게 복구 예산을 확보하고 불과 몇 달 만에 원형 이상의 장옥을 제 위치에 세워 놓은 저력을 발휘했다. 당시에 시장상인회는 나뉠 대로 나뉘어 있었고 상인회와 상인회에 가입되어 있지 않은 상인들과의 대립도 만만찮았지만, 불의의 사고는 상인회를 하나로 묶는 역할까지 했었던 것으로 기억된다. 엉킨 실타래를 단칼에 풀어버리는 용기를 지닌 현자라고 할까.

전국적으로 화개장터 화재 복구를 위한 모금 운동이 불붙듯 일어나고 유명인사들도 이 일에 동참했다. 특히 조영남 씨는 하동과의 인연으로 이런 분위기를 만들어나가는 데 큰 일조를 했다.

화개장의 사건과 사고는 여기에만 머무르지 않는다. 과거로 돌아가면 10년 주기로 비슷한 사건들이 발생했던 것으로 기억된다. 1998년 수해로 면사무소와 장터가 침수됐었고 많은 인명피해가 발생했었다. 2020년 수해는 역사상 유례를 찾아보기 어려울 정도로 최악의 피해였다. 탑리 전체가 물바다가 됐었다.

왜 그럴까? 무슨 연유일까? 무엇보다 시장이라는 특수성이 작용하는 장소라서 그렇다. 온갖 사람들과 그 사람들을 따라다니는 일상들과 군상들과 잡다한 얘기들이 세상천지에서 몰려와 일을 만들고 말을 만들어 일파만파 퍼져나가게 만드는 시장이 지닌 성질 때문이다. 시장은 대부분 지형적으로 낮은 곳에 있다. 하동장도, 횡천장도, 고전 배드리장도 물론 그렇다. 전국 각지 장들의 공통점들이기도 하다. 이것은 지형적인 것을 넘어 심리적으로도 같은 맥락에 있다.

물이 낮은 곳으로 흐르는 것과 같은 현상이다. 시장은 남녀노소 빈부귀천을 가리지 않고 무엇이든 누구든 품는 성향을 지닌 곳이기도 하다. 저수지처럼, 강이나 바다처럼 최저점이다. 사람들이 이런 낮은 곳으로 모여드는 것은 인지상정이다. 격식 차리지 않아도 문제없고 누구의 눈치도 볼 필요 없기 때문이다. 흥정으로 마음 상할 일도, 바가지를 씌워도 그냥 한 번 웃으면 그만인 곳이다.

적어도 앞으로 20년 이상은 우리의 시장들은 그런 낮은 곳의 위치를 굳건히 지켜낼 수 있을 것이다. 그래서 화재라든지, 수해라든지, 정치인들의 말들이라든지 하는 것들이 그때까지는 발생하고 효력도 발휘할 수 있을 것이다. 처절하게 낮은 곳이고 낮은 곳의 행세를 해낼 수 있을 것이기 때문이다.

그 후에는 어떻게 될지 짐작하기 어렵다. 아마 더는 오늘이나 과거 시장의 역할을 담당하지 못할 것이기에 그런 수해나 화재나, 인재나 할 것들도 사라지지 않을까. 물론 정치인들도 더 이상 시장으로 표를 구걸하기 위해 찾아오지 않아도 될 것이다. 아쉽지만 세상은 우리가 아는 것보다도 훨씬

하동학 개론

빠르고 신속하게 변신한다. 오늘의 '화개장터'는 더 이상 우리가 아는 '화개장'이 아니듯이.

역마살驛馬煞 성기 앞에 놓인 세 갈래 길

화개장을 대표하는 소설 김동리의 〈역마〉의 스토리는 의외로 단순하다. 요즘 같으면 막장 드라마라 치부할 수 있을 만큼 의외성이라든지 극적인 것들이 과다하게 표출됐지만 당시 상황을 이해한다면 그것이 전부가 아님을 깨닫게 된다.

화개장은 세 갈래 길과 물의 접점이다. 화개계곡에서 흘러 내려오는 물과 길, 구례에서 내려오는 물과 길 그리고 하동으로 내려갈 물과 길이 그것이다. 굳이 지금의 구례, 하동, 광양이 만나는 지방자치단체의 접합은 물론 말할 필요조차 없다. 화개장은 그렇게 접합이 되기도 하지만 헤어짐과 이별의 장소이기도 했다.

옥화는 아들 성기를 더 이상 역마살 타지 않는 사람으로 살아가기를 소망했다. 그랬기에 성기를 쌍계사로 보내거나 체 장사를 시켜 보려고 애쓰기도 했다. 그 와중에 만난 것이 계연이다. 계연과 짝을 지어줘 정착 생활을 한다면 지긋지긋한 역마살 액운을 떨쳐 낼 수 있을 것으로 믿었다. 그러나 성사 단계에서 계연이 자신의 이복동생임을 알게 됐고 한창 사랑이 물들어가는 시간에 성기와 계연은 이별을 할 수밖에 없었다.

성기 앞에 놓인 길은 옥화가 그토록 벗어나게 하고 싶었던 바로 그 길이었다. 새로 맞춘 나무 엿판을 느직하게 엉덩이에 메고 길을 떠난다. 역마살을 벗어나기는커녕 더 단단히 조여 맨 엿판이 그의 등짝에 매인 것이다. 역마살을 극복하고 쌍계사로 떠날 것인가? 거부하고 구례로 떠난 체 장수와 계연을 따를 것인가? 엿판을 둘러메고 하동으로 내려갈 것인가?

사람들은 대부분 극복이나 거부, 순응이라는 삼거리에서 머뭇거리게 된다. 태생적으로 가지고 태어난 운명을 거부하고 극복하라는 교훈을 가훈이나 좌우명으로 삼는 것이 일반적이다. 우리의 삶은 대부분 이들로 점철돼 있다. 운명은 주어졌지만, 이것을 극복하고 인간승리를 이루라는 선인들의 교훈을 하늘의 뜻으로 삼는다. 순응은 게으름이요 악이며 거부와 극복은 부지런함이요, 선이었다. 여기에서 희로애락은 시작된다.

하지만 역마의 운명을 띠고 태어난 말(馬)은 거역할 수 없다. 주어진 과업에 순순히 따르는 것이 그의 임무다. 스스로 내일을 결정하지 못한다.

역마이기 때문이다. 역마가 도착하고 출발하는 곳은 다름 아닌 화개장이었다. 누구도 화개장에서는 운명을 극복하거나 거역하지 못하고 순응하는 행위만 허락됐다. 거역하는 시간부터 화개장은 허물어지게 되어 있었다. 떠돌이 운명의 역마는 머물 수 없기 때문이다. 화개장은 성기가 하동으로 떠난 장소였다. 역사는 거역이 아니라 순응하는 자를 포용했다. 우주는 순응만 기억한다. 순응만이 살길이다. 성기는 지금 우주를 순행 중이다.

화개장

줄배에 의탁한 삶

내 친구 승철은 광양 다압에서 태어나 화개중학교와 하동고등학교를 다녔다. 그를 3년간 섬진강을 건네주었던 것은 나룻배였다. 그 나룻배는 운천나루와 화개나루를 하루에도 수십 번 가로질렀을 것이다. 2003년 7월 29일 남도대교가 개통하기 전까지는 어느 누구도 이 나룻배를 타지 않고서는 화개장으로 건너오지 못했다. 나룻배는 1990년대에 노 대신 줄로 대체되었다. 나는 실제 줄배를 타 보기도 했고 남도대교 개통식에 참여하기도 했으니, 역사의 산증인이기도 하다.

화개 나룻배는 언제 시작되었는지 사실 누구도 잘 모른다. 삼국시대 이전부터일 수 있다. 다른 운송수단이 없었기 때문이다. 좀 나아지기 시작한 것은 줄배로 대체된 것부터다. 외나무다리처럼 줄 배는 외줄에 의지해 강을 건너야 했다. 사공뿐 아니라 배에 같이 탄 승객들도 힘을 보탰을 것이다. 운천나루에서 화개나루로 이동하는 시간은 10분 정도, 하류 지향의 본능을 지닌 강물을 견뎌내야 건널 수 있다. 그것도 가는 줄 하나에 의지해서다. 배에 탄 승객의 운명이 그 줄에 달렸었다.

겨울이 되면 강은 어김없이 얼었다. 줄배도, 나룻배도 겨울이 되면 멈춰서야 했다. 차라리 강이 얼면 양쪽은 통행이 더 나을 수 있다. 땔나무를 해서 얼음 위로 밀고 오는 모습을 흔히 볼 수 있었다. 결혼식 후 신행 갈 때 가마를 얼음 위에 밀고 오는 것도 다반사였다. 줄배 하나였기에 양 지역은 더 애틋했다. 가는 줄에 의지했기 때문이다. 오로지 믿을 수 있는 것은 그것 하나뿐이었다.

다리가 놓였다. 2003년 7월 29일, 한광옥 대통령 비서실장이 대통령을 대신 참석해 치사했다. 아직도 그의 연설이 내 귀에 지렁지렁하게 울리는 듯하다. 그날을 기점으로 양 지역은 하루가 멀다고 화해와 화합행사를 번갈아 개최했다. 화개장은 그 중심이 되었다. 다리가 생긴 후 하루에 수천 대의 차들이 오간다. 수백억 원이 투입됐을 거대한 연륙교, 그날부터 줄배는 더 이상 존재의 의미를 잃었다. 줄배는 길을 잃고 연륙교는 새로운 길을 만들었다.

화개 전투와 최후의 빨치산 이현상

화개장은 3.1운동 역사의 현장이기도 하다. 화개장 독립 만세운동은 1919년 4월 4일 쌍계사 승려 김주석과 학생 정상근, 양봉원 등이 주도했다. 오늘날에도 3.1절이 되면 이 거사를 기념하는 행사가 열린다.

6.25 전쟁도 화개장을 그냥 스쳐 지나가지 않았다. 1950년 7월 13일 전남 동부권 학생 183명이 혈서를 쓰고 학도병에 지원, 국군 보병 5사단 제15연대에 배치됐다. 이들은 짧은 기초훈련을 마친 후에 곧바로 순천, 남원 등을 거쳐 7월 25일 화개 전투에 투입됐다. 학도병들은 북한 6사단 1천여 명과 치열한 전투를 벌인 끝에 1주일 이상 북한군 남하를 지연시켜 낙동강 방어선 구축에 결정적인 기여를 했다.

1948년 여순반란사건으로 형성된 반란군은 지리산이 주 활동 근거지가 됐다. 이들을 빨치산이라 불렀다. 이들은 6.25 전쟁 발발과 함께 전투에 참여하기도 하고 북상과 남하를 반복하기도 하다가 결국 다시 지리산으로 은거했다. 최후의 빨치산이라 할 수 있는 이현상은 1953년 9월 17일 의신 마을 북쪽 산악지역인 빗점골에서 포위됐고 다음 날 9월 18일 사망한 것으로 알려졌다. 이현상의 시신은 방부처리 돼 서울로 이송, 창경원에서 20여 일 동안 전시되기도 했으나 친인척들의 시신 인수 거부로 결국은 토벌군의 일원인 차일혁 총경이 1953년 10월 8일 화개장 인근 섬진강 백사장에서 장례를 치렀다. 차일혁은 시신을 화장한 후 그의 화이바에 백골을 빻아 강물에 뿌렸다고 한다.

2010년 무렵까지만 해도 화개 지리산자락 빗점골에는 빨치산 토벌 지역이라는 안내 표지판이 설치되어 있었지만 얼마 후에 이런 표지판도 철거됐다. 후문으로는 이들을 추모하는 사람들이 몰려들자, 정부 차원에서 철거했다는 말을 들은 적이 있다. 2011년 가을 〈하동 편지〉를 쓰기 위해 당시 이장이었던 김영택 씨의 안내로 이곳을 방문했었다. 단풍이 붉게 물들어 마치 바위에는 이현상의 혈흔을 보는 듯했다. 그 후에도 몇 번 답사객들을 인솔하여 이곳을 방문하기도 했는데 공직 수행 중에도 의신마을 어르신으로부터 빨치산의 행적에 대한 경험담을 들었던 기억이 있다.

하필이면 이현상의 장례가 치러진 곳도 화개장이었다. 화개장이 경험하지 못한 일은 무엇일까? 왜 화개장은 그랬을까? 왜일까?

청학동과 이상향의 시원 불일암과 불일폭포

제7장

이상향

이상향

나의 실낙원 기記

2011년 7월 나는 무릉도원 입구에 서 있었다. 장마가 막 끝난 지리산 불일폭포는 만수였다. 하늘에서 내리꽂히는 거대한 물기둥은 주변을 완전히 장악해 놓았다. 폭포 바로 아래는 포말로 부서진 물방울들이 호위무사라도 된 듯 폭포 입구를 지키고 있었다. 이 거대한 물줄기가 어디에서 시작해서 여기에 이르게 됐는지, 아마도 이 폭포 너머에는 무릉도원이 있을 것이라는 추측에 이르렀다.

그해 봄에 불일평전을 찾은 적이 있다. 늦은 산벚나무의 고요한 자태와 평온한 산촌의 들녘은 늘 그랬듯이 이곳이 무릉도원이라는 생각을 갖기에 부족함이 없었다. 그때 불일평전과 불일폭포에서 느낀 감흥을 이렇게 남겼다.

불일 길의 클라이맥스는 불일평전에서 시작됩니다. 지난 해 봄 산벚 만개했을 때 불일평전은 고요하다 못해 차라리 무릉도원이었습니다. 눈이 부시도록 하얀 산벚과 대비되는 도화桃花, 중학교 수업 시간에 숨어서 읽었던 삼국지가 생각났습니다. 유비, 관우, 장비의 도원결의, 그렇게 힘찼던 계곡 물 흐르는 소리도 이곳 무릉도원에서는 숨을 죽여 고요합니다. <중략>

"저 폭포를 들어서야 무릉도원이다! 저 폭포에 나를 맡겨야 하고 저 폭포에 나를 씻어야 한다. 세상에서 들었던 온갖 잡음을 저 폭포에 씻어야 한다. 그다음이 무릉도원이다! 누가 저 폭포를 들어설 수 있으리? 지리산의 심장은 불일폭포다! 그 속에는 몇 개의 우레가 숨어있고 그 속에는 몇 개의 용광로가 끓고 있다. 제주도의 천지연폭포가 하늘에서 떨어진다면 불일폭포는 태양에서 발원한다. 그렇기에 지리산에 오르면 많은 사람들이 감동하는 이유다. 그래서 지리산은 사람을 감전시킨다."

한결같이 나를 환상 속으로 이끄는 것은 폭포 너머에 있을 땅, 폭포를 만들어 내고 사시사철 변하게 하는 그 근원에 대한 이상과 환상이었다. 과연 무엇이 이 불일폭포를 있게 했을까?

폭포 위 저 멀리 아득한 곳에 넓은 평원이 있다. 그 평원은 신이 지배하지만 신에 억압당하지 않고 신을 경배하지도 않으면서도 늘 자유롭고 이 땅의 땅이 아닌 천상의 땅이 있을 것이라는 확신과 믿음이었다. 분명 저

폭포를 뚫고 들어가면 현세와 다른 차원의 땅이나 세상이 있을 것이라고, 언젠가 그곳에 가서 그 땅을 확인해 보겠노라고 다짐했던 적이 있다. 사람들의 표현으로 하자면 이것이 무릉도원, 청학동 아닌가?

이 땅에 청학동이 여럿 있지만 불일폭포를 만들어 내는 그곳이 바로 청학동이요, 무릉도원이라고 믿어 왔었다. 나의 그 믿음을 확인하고 증명하는 날임과 동시에 나의 꿈을 이루는 날이 바로 오늘이다.

1,284미터의 내삼신봉과 1,354미터의 외삼신봉을 거쳐 열쇠 바위라는 곳을 지나 상불재를 무사히 통과해서 청학동마을과 삼성궁을 뒤로하고 서북쪽으로 하산했다. 원시림과도 같은 참나무 군락지들, 간혹 소나무 숲에 태양이 강렬하게 내렸고 그 사선을 경계로 어둠과 빛이 공존하고 있었다.

해가 곧 바뀔 시간인데도 아직도 제 고향으로 돌아가지 못한 마른 나뭇잎들이 가지에 붙어 있다. 녀석들은 언제 집으로 갈지, 참나무 군락지 아래는 산죽들이 평원을 이루고 있다. 이들도 바람이 불면 파도처럼 일렁이고 혹시 달이라도 뜨는 날이면 달빛에 반사되어 월광에 맞춰 춤출 것이다.

등산로 모퉁이를 돌아설 때마다 한 번씩 물소리가 들리다가 사라지기를 반복했다. 분명 그 소리다. 점점 폭포가 가까워져 오고 있음이 틀림없다. 그렇다면 바로 그곳 무릉도원, 내 관념의 청학동이 근처에 있음을 직감

할 수 있었다. 그게 맞다면 곧 평원이 나타날 것이고 어디쯤엔가 그 폭포의 근원이 되는 곳에서 폭포를 만들어 내는 신과 천사들이 물을 길어 내어 폭포로 흘려보내고 있을 것이다. 천상의 나무들과 형용 할 수 없는 새들이 날아다니고 그 분위기를 자아내도록 아름다운 음악 소리도 들리겠지? 나는 무의식적으로 이런 상상을 하고 그런 모습들이 내 눈앞에 그려지기를 기다렸다.

하지만 내 눈앞에 펼쳐지는 것은 울창한 나무들과 때로는 잡목 군락지, 내려갈수록 하얀 눈은 없어지고 잔설 사이로 드러나는 마른 풀들과 낙엽이 세월을 먹고 변해버린 검은색의 땅들, 급경사 등산로와 저 멀리 보이는 낭떠러지, 아 저기 저 멀리 내가 늘 만나는 화개천과 건너 용강마을이 바로 눈앞이지 않은가? 어느새 나는 폭포를 지나쳐 버렸고 휑하니 허탕 친 사람처럼, 작은 등산로에 서 있었다.

차라리 가지 말 것을, 영원한 나의 무릉도원으로 남겨둘 것을, 사람들이 알지 못하는 청학동 하나를 내 품에 품어 둘 것을, 아무도 침입하지 못하도록 울타리를 치고 거기에 파수병 하나를 세워 둘 것을.

아! 오늘 나의 꿈 하나를 잃어버렸다. 내 상상 속에 늘 한결같이 자리 잡고 있던 나의 고향 하나를 잃어버렸다. 어디서 나의 무릉도원을 찾을 것이며 나의 청학동을 다시 찾을 것인가? 포맷되어 버린 기계처럼, 현실을 봐

버린 나의 무릉도원이여! 내 상상 속의 무릉도원까지 뺏어 가 버렸다.

　　다시 돌아와 어둠이 내린 하동시외버스터미널을 생각한다. 그 속에 웅크리고 앉았던 사람들, 버스 매표원, 불친절했고 상냥했던 기사와 안내양, 버스 속 차창을 통해 바라봤던 작은 마을들과 실개천들, 그 속에서 시간을 보내는 사람들이 다시 그려졌다. 그래 저곳이, 저들이 나의 무릉도원이요 청학동 사람들인 것을. 아! 나의 청학동이여, 무릉도원이여!

이상향

호리병 속의 별천지

2023년 7월 하동군의 브랜드 슬로건이 '별천지 하동'으로 확정됐다. 내용은 차치하고 우선 입에 잘 달라붙고 발음하기가 쉽다. 누구나 이해하기에 부족함도 없어 보인다. 호기심 가득한 마법의 항아리처럼 신비한 느낌도 든다. 슬로건이 정착되기 위해서는 이를 많은 사람들의 입에 오르내릴 수 있도록 실제 정책화하고 홍보도 필요할 것이다.

　하동을 별천지라고 처음 명명한 사람은 최치원 선생(857~?)이었다. 이것이 우리들의 입에 오르내리도록 한 사람은 뜻밖에도 중국 주석 시진핑이다. 시진핑이 아니었다면 하동의 화개가 별천지로 불렸다는 것 자체도 잘 알지 못했지 싶다. 2013년 6월 27일 한중 정상회담에서 시진핑은 최치원의 한시 '범해泛海'를 통해 한중 역사 속의 하동과 화개를 투영시켰는데 그 중간 즈음에 이런 시구가 있다. "東國花開洞(동국화개동) 壺中別有天

(호중별유천)” 즉 “동방 나라의 화개동은 항아리 속의 별천지라네”라는 뜻이다.

최치원은 태생적인 한계를 지니고 태어났다. 요즘 말로 한다면 은수저 정도라 할 수 있지 싶다. 정치엘리트 계급이었던 성골과 진골의 벽을 넘지 못했기 때문이다. 육두품 출신으로 신분의 경계를 허물고자 당나라로 넘어갔다. 귀국해서 꿈을 이루기 위해 온갖 노력을 기울였지만, 은수저는 은수저에 불과했다. 결국 학을 타고 노니는 일들, 일종의 은일隱逸을 선택하게 된 것이다.

특히 진성왕(8년, 서기894년)에게 건의한 사회개혁안이었던 시무십여조時務十餘條는 약화된 왕권, 진골 세력 등의 거센 반발과 호족의 성장 등 현실의 벽은 두꺼웠다.

하동은 은일의 최치원이 노닐기에 제격인 곳이었다. 지리산이 있었기 때문이다. 화개에는 최치원과 관련된 장소가 허다하다. 진감선사 대공 탑비, 쌍계석문, 학을 불렀다는 환학대喚鶴臺, 불일암 앞마당에서 폭포를 가지고 놀았다는 뜻의 완폭대翫瀑臺, 귀를 씻고 속세를 떠났다는 세이암洗耳巖, 결국 최치원은 신선이 됐다고 한다.

갈구했던 개혁이 현실에 부딪히자, 절망하고 자기만의 이상세계로 떠나게 된다. 최치원이 갈구했던 이상세계는 청학을 타고 노닐 수 있는 곳이었다. 그곳이 지리산이었고 화개의 어느 곳이었다. 이상향은 세상과의 분리나 단절이 필요한 곳이다. 속된 세상과 통할 수 있다면 그곳은 더 이상 이상향이 아니다.

이상향

이상향의 조건

그렇다면 이상향의 조건은 무엇인가? 최치원에서 시작된 이상향은 곧바로 이어지지 않고 고려 말까지 제법 긴 시간 잠복기를 거친다. 무신정권으로 일탈한 현실 세계의 한계 속에서 결국 이상향 청학동은 분출되게 되는데 현실 세계에서 좌절을 느낀 최치원처럼 무신정권에서 축출된 인사들은 은일의 이상향을 찾아 떠나게 된다.

현실 세계란 곧 개경이었다. 현실을 탈피하기 위한 제1 조건은 개경에서 가장 먼 곳이어야 했다. 불과 몇 날 며칠 만에 달려올 수 있는 길은 그 어떤 조건에 부합하더라도 이상향이 아니다. 멀다는 것은 그런 것이다. 관념 속에서조차 아득한 곳이어야 한다. 오늘날 지리산과 같은 명산이 서울 근교에 있다면 그곳을 이상향이라 누가 부를 수 있을까? 지리산이 지리산 된 것은 지리산 그 자체에 있지만 멀다는 것, 개경에서, 오늘의 왕도와 같은 서울에서 가장 먼 곳이어야만 했다.

하동은 멀다. 하동과 같은 고장이 서울에서 한 시간 또는 두 시간 정도에 달려 올 수 있는 곳이었다면 하동은 오늘날 우리가 아는 하동이 아니었을 것이다. 서울에서 아득히 먼 곳처럼 누구나 쉽게 달려올 수 없는 곳이어야 한다. 하동이 현실 세계의 대명사인 서울에서 가장 먼 곳이라는 것이 얼마나 감사한지.

호리병 속의 별천지에서 느끼는 바처럼 입구는 잘록하고 들어서면 툭 터인 평원이 있어야 한다. 물론 토질은 비옥해야 하고 천재지변이나 외부의 침임으로부터 자유로워야 한다. 토지가 비옥하다는 것은 적절한 노력으로도 자급자족의 경제 시스템이 구축된다는 의미다. 이를 산으로 둘러싸이고 내에 둘린 좋은 경치의 복된 땅의 의미인 동천복지洞天福地로 요약할 수 있지 싶다. 즉 어머니의 자궁과 같은 곳이다. 어머니의 자궁보다 더 완벽한 곳은 없다. 지리산은 일종의 모성애 가득한 장소다. 수천 골짜기들 그곳에는 어김없이 마을이 자리하고 마을은 곧 어머니의 품처럼 아늑한 곳이다.

이런 것들을 만족시킬 수 있는 장소들은 하동의 여러 곳에서 발견할 수 있다. 이미 화개동은 호리병 속의 별천지로 이름나 있고 악양 또한 이 지형에 꼭 맞다 할 수 있다. 적량면의 삼화실이라는 곳도 우리가 잘 인지하지 못했지만, 별천지의 조건을 완벽히 지닌 곳이다. 적량에 살면서도 처음 삼화실이라는 곳을 가게 된 것은 고등학교를 졸업하고 나서였다. 잘록한 입구를 통해 들어선 삼화실은 어린 당시에도 별천지로 여겨졌었다.

청암면의 심답마을 또한 내가 알아챈 청학동 중에 하나다. 고원지대의 아늑함이 나를 충만하게 감싸고 넓은 하늘과 닿을 듯한 은하수, 그 어떤 행위를 해도 안전하고 누구로부터 간섭받을 필요가 없는 별천지 중에 하나다. 부디 훼파되지 않고 영원한 청학동으로 남아주길.

이상향

시대를 이어온 청학동

한반도에 청학동으로 일컫는 곳은 마흔다섯 곳이나 된다고 한다. 나의 작은 촉수만으로도 너덧 군데 낙점할 수 있었으니, 더 말한들 무슨 소용일까. 최원석 교수의 〈한국 이상향의 성격과 공간적 특징〉에 따르면 함경북도 8곳, 함경남도 3곳, 경기도 8곳, 충북과 충남 각 1곳, 전라남도 2곳, 경상남도 7곳 등이다. 최교수는 이런 전국적 분포를 통해 몇 가지의 특징을 밝히고 있다.

첫째, 청학동의 전국적 분포다. 청학동은 지리산에서 기원했으나 조선시대를 지나 근대에 이르면서 전국적인 명승의 대명사가 되어 전파되었다는 것이다. 둘째, 이런 전국적 분포는 명승지나 선경지에서 주거촌으로 전개됐다고 했다. 즉 설화적 이상향 공간에서 조선 후기인 18~19세기에 이르러 민간인들이 거주하는 장소까지 일반화됐다. 셋째, 최초의 비정지 그러니까 하동군 화개면 운수리 불일암 일원에서 멀리 벗어나지 못하는 현상이다. 나중에는 전국적 분포로 이어졌지만, 이런 비정지 중심의 매력은 상당한 기간에도 유지됐었다.

즉 이는 최초 유학자들 중심의 이상향에서 민간에 이르는 현실적 공간으로, 20세기 들어와서는 지방자치단체 차원의 대중문화와 관광지 측면으로 무게중심이 이동했다고 할 수 있다. 오늘 하동군 청암면의 청학동은 이런 흐름 속에서 탄생했었고 21세기 청학동은 또 어디에서 시작해서 어디로 흘러갈지 자못 궁금하지 않을 수 없다.

이를 일반적 문화전파 현상과 비교해도 유사한 흐름을 지닌다. 최초의 문화 생성자들에 의한 신비적 희소가치를 유지하다가 점차 대중화의 길로 접어들게 되고 이것이 하나의 유희나 오락, 이벤트성의 폭발적 증가를 갈구하는 형태로 이어진 것을 볼 때 천 년이 지난 청학동의 흐름도 결국은 그런 대중문화의 확산과 큰 다름은 없어 보인다.

그렇다면 21세기 중후반쯤의 청학동은 어떤 모습으로 진화하게 될까? 아니면 청학동이라는 이상향 정도는 인공지능과 같은 거스를 수 없는 물질문명 속에서 그 생명이 다하게 될까? 이것 또한 예단하기는 어려운 일이나 작가적 상상력에 의해 글의 말미에 다뤄보고자 한다.

이상향

청학동의 시원

이상향으로서의 청학동이 최초로 비정된 곳은 화개동천의 운수리 그것도 불일암 인근이었다. 어떻게 해서 이곳이 이상향의 모습으로 정형화됐는지는 추측을 통해서 짐작할 수 있지만, 최치원이 청학을 불러 타고 노닐었던 그곳, 그 학은 수십 미터 절벽으로 떨어지는 불일폭포 위를 선회했을 것이고 그 부서지는 포말로 인해 무지개가 생성되고 최치원은 무지개 속으로 빨려 들어갔다 나오기를 반복했을 것이다. 때로는 폭포를 뚫고 들어가 내가 상상했던 세계와 같은 별천지 속으로 들어갔다가 그 속에서 속세와는 전혀 다른 생활을 누리고 있는 이상향의 백성들을 만났을 것이다. 그 후로는 최치원은 더 이상, 이 세상 사람들이 볼 수 없게 됐다.

그러니 청학동의 시원은 최치원이었고 그가 그리고 상상했던 세계였고 그 장소는 다름 아닌 남쪽의 끝자락 지리산이었다. 내가 이 역사적 시원을 자료를 통해 알기 전 나 또한 불일평전과 불일폭포를 스스로 이상향이라 확신할 수 있었으니, 최치원과 통하는 바가 있었다고 한들 손가락질할 사람 없을 듯하다.

상당 기간 잠복을 거친 청학동은 고려 말 무인 정권을 통해 마음이 산란해진 문인들의 입을 통해 하나둘씩 알려지게 됐고 이것이 조선 시대에 들어와 정치에 등을 지고 도를 닦던 재야 유학자들의 발길로 이어지게 됐다. 일종의 그랜드 투어 코스가 돼 수많은 유학자가 청학동을 유람하고 유람기를 남겼다. 입은 입으로 발길은 발길로 연결되는 것, 한 사람으로 시작된 어렴풋한 길은 오솔길이 되고 신작로가 되고 대로가 됐다. 청학동이라는 보이지는 않지만, 또렷이 그려지는 이상향으로 자리하게 된 것이다.

이상향

청학동을 찾은 사람들

청학동은 지리산에 있다. 결국 청학동을 찾기 위해서는 지리산으로 와야한다. 지리산이 청학동이요 청학동이 지리산인 셈이다. 2장의 '지리산을 유람한 사람들'이라는 글과 비슷한 맥락이 될 수 있겠다. 나도 그렇지만학자들 특히 조선 시대의 학자들은 유람하고 여행기를 남기는 것을 잊지않았다. 모두에 해당되지는 않겠지만, 남긴 유람기로 그 여정과 철학을감지할 수 있다. 인생 그 자체가 여행이요, 여행이 곧 인생이기도 하기 때문이다.

현장에서 쓰는 여행기는 촉이 생겨 글이 살아 있다. 현장에서만 느낄 수있는 것이 있기 때문이다. 여행기가 지니는 가치와 묘미는 다른 사람들로부터 듣는 것과는 차원이 다른 '감'이 있다. 그 가쁜 숨소리, 길에서 내딛는덜컹거리는 발소리를 겸하여 들을 수도 있다. 우리가 잘 아는 〈열하일기〉

는 넘쳐 나는 역설과 해학으로 수레가 길을 벗어나 무한의 자유를 누리는 것과 같다. 정사가 아닌 야사요, 정형이 아닌 자유형이요, 절제가 아닌 발산이며 막다른 골목길이 아닌 끝이 없는 외길이요, 사방팔방으로 나 있는 곁길과 같다. 그런 여행기를 연암은 우리에게 선물했다.

비교적 분량이 적은 지리산 유람기들은 자연과 역사와 사람을 압축의 미로 엮어낸 것들이 많다. 나는 2013년부터 1년 4개월여 동안 매주 지리산 둘레길을 중심으로 유람을 하고 돌아와서는 며칠을 숙성시킨 후 역시 여행기를 썼다. 일명 〈지리산 별곡〉이다. 책으로 출간되지 않았지만, 일간지에 연재를 통해 세상에 한 걸음 발자국을 남겼다.

청학동을 찾은 사람들 역시 유람록을 통해 그 자신이 외길을 걸었던 인생이었음을 숨기지 않았다. 점필재 김종직(1431~1492)은 1472년 함양군수로 재직 시 지리산을 유람했다. 함양에서 출발 고열암, 성모사, 천왕봉을 등정하고 영신봉과 백무동을 거쳐 다시 함양군 관아로 돌아오는 코스였다. 유람기 말미에 청학동을 찾지 못한 아쉬움을 이렇게 토로하고 있다. "우리가 오늘 이 산에 한 번 올라 유람하여 겨우 평소의 소원을 풀기는 했지만, 공무에 매여 바쁘다 보니 청학동을 찾아가고 오대사를 들르는 등 그윽하고 기이한 곳을 두루 유람하지 못하였다. 어쩌면 이 산이 우리로 하여금 그런 곳을 만나지 못하게 한 것은 아닐까?" 청학동을 찾지 못한 아쉬움이 청학동을 더 사모하게 했다.

남효온(1454~1492)은 산청에서 출발, 동쪽으로 지리산 천왕봉뿐 아니라 함양, 남원과 구례, 하동을 보름 이상 두루 돌았다. 결국 그도 화개와 쌍계사를 거쳐 불일암과 불일폭포를 돌아보고 다시 하산한다. 그의 여정에서도 결국 청학동은 관심 중의 관심거리였다.

김일손(1464~1498)은 불과 35세의 굵고 짧은 인생을 살았다. 김종직의 〈조의제문〉을 사초에 실어 결국 무오사화의 빌미가 됐고 죽음을 맞이했다. 25살 되는 해 정여창, 김형종과 함께 보름간 유람했다. 서에서 동으로 도는 코스를 따라 산청과 단성, 묵계, 중산리를 거쳐 천왕봉에 오른 후 하동의 신흥사와 쌍계사, 오늘날의 불일평전과 불일암에서 여행을 마무리한다.

남명 조식(1501~1572)은 지리산 유람록의 백미라 할 수 있을 것으로 글귀 한 줄 한 줄이 되새김질하기조차 나 자신이 역부족이었다. 아예 목적지를 청학동으로 작정했다. 다른 유람객들과는 다르게 배를 타고 사천만에서 출발 노량을 돌아 섬진강포구로 올라오는 코스였다. 하동을 오롯이 돌고 도는 하동유람이라 할 수 있을 정도였다. 오늘날의 진교, 금남과 금성, 고전, 하동읍, 악양과 화개, 적량과 횡천, 북천과 옥종을 종횡무진 걸어 낸 유람이었다. 그 세부적인 것은 전장에서 기록하였기에 줄인다.

〈어우야담〉으로 잘 알려진 유몽인(1599~1623)은 1611년 남원 부사 재임 시 지리산을 순례 중 청학동을 찾았다. 서에서 동으로 도는 코스였는데 함양과 산청을 지나 곧바로 천왕봉을 등정한 후 영신봉에서 신흥사로 내려와 청학동에 이른다.

유몽인은 유람록에서 지리산을 사마천과 두보에 비유하면서 세상의 산들이 가진 장점들을 두루 가졌다고 설파한다. 그러면서 "안음(안의면)과 장수는 그 어깨를 메고, 산음(산청군)과 함양은 그 등을 짊어지고, 진주와 남원은 그 배를 맡고, 운봉과 곡성은 그 허리에 달려 있고, 하동과 구례는 그 무릎을 베고, 사천과 곤양은 그 발을 물에 담근 형상이다."라며 지리산의 형세를 마치 사람의 인체에 비유하는 그만의 눈초리를 발휘했다.

성여신(1546~1632)은 남명의 유람코스와 비슷한 것으로 봐서 남명의 〈유두류록〉을 읽었지 싶다. 진주를 출발, 사천, 수곡을 지나 북천과 오늘날의 황토재인 황현, 횡천, 적량과 악양, 화개, 청학동에 이르는 길이었다. 섬진강을 통해 상류로 왔던 남명과 비슷한 코스를 밟았다.

유람록을 쓴다는 것은 오늘을 살면서 내일을 바라본다는 것이요 역사와 자연과 선인들을 자신 속으로 모셔 와 자신과 일체가 되게 하고 그것이 자신의 덕으로 자리하게 하는 것이다. 오늘을 살면서 내일을 살아갈 후세대에 내가 할 수 있는 최선의 언행이기도 하다. 선비들은 자신의 수양에만 그치지 않고 자신을 희생하더라도 경세제민經世濟民의 행보로 이어졌음에 우리의 시선을 떼지 말아야 할 일이다. 결국 지리산과 청학동을 통해 나를 보고 세상을 바라보는, 그래서 세상을 변화시키는 동인動因이 되겠다는 다짐이 선비들이 청학동을 유람했던 목적이었다.

이상향

소도와 도피성

이상향은 세상 그 누구에게도 진입장벽이 없는 곳이다. 빈부귀천을 막론하고 누구에게나 허락된 곳이다. 좀 더 먼 역사 속에도 그런 곳이 있었다. 우리 역사 삼한의 경우 '소도'는 그런 곳이다. 천신天神에게 제사를 지내던 성지로서 신단神壇을 설치하고 그 앞에 방울과 북을 단 큰 나무를 세워 제사를 올렸다는 곳이다. 죄인이 이곳으로 달아나더라도 잡아가지 못하였다.

성경의 '도피성'도 비슷하다. 구약성경 여호수아서 20장의 기록이 그것이다. 사람이 과실로 살인을 저질렀을 때 도피성으로 피신할 수 있도록 하는 제도였다. 당시 모두 여섯 곳에 있었는데 요단강 동쪽에 골란, 라못, 보솔, 서쪽에 게데스, 세겜 그리고 헤브론에 각각 위치했었다. 도피성은 사람이 걸어서 하룻길을 갈 수 있는 곳에 있었다. 대략 48km다.

소도와 도피성은 사람이 생존할 수 있는 최소한의 숨구멍이었다. 궁지에 몰렸을 때 유일한 퇴로이기도 했다. 극한의 순간에 유일하게 세상으로 난 바늘구멍보다 더 작은 창이기도 했다. 물리적 거리로는 끝이 없어 보이는 먼 거리지만 심리적으로는 바로 코앞에 존재했을 수 있다. 애틋한 장소요 마음만 먹으면 달려갈 수 있는 생존의 장소였다.

이상향은 바로 그런 곳 아닐까? 존재했을 수도, 하지 않았을 수도 있는 이상적인 장소인 것이다. 하지만 과거에는 분명히 존재했었다. 부지불식중에 사고를 저질러 도피할 수 있는 도피성이나 소도처럼 삶에 지쳤을 때, 자신이 설정해 놓은 신념에 도달하지 못했을 때, 그 난감함을 받아 줄 수 있는 한 점 같은 그곳이 손짓하는 곳, 그곳은 인생의 여명과 같은 곳일 수 있다.

오늘날도 그래서 지리산은 구구 각색의 사람들이 팔도에서 몰려오고 있는 곳이다. 아직도 그 이상적 장소나 거리에 놓여 있는 '이상향' 청학동으로 오는 이유가 그런 것일지도 모른다. 직장에서, 사업에서, 이웃에서, 도시에서, 사람으로부터, 일로부터, 알지도 못하는 그 무엇으로부터 쫓김을 당할 때 이상향은 달려갈 수 있는 마지막 점일 수 있다.

무작정 남쪽으로 달려와 보니 지리산이었다는 말을 자주 들었던 터다. 그곳은 따뜻한 남쪽 나라여야 했고, 빈부귀천을 막론함은 물론이요, 그 어

하동학 개론

떤 가슴으로 와도 받아 줄 수 있는 너른 품이어야 했으며 물론 과거를 묻지 않는 곳이자 새롭게 시작할 수 있는 곳이어야 했다.

소도와 도피성은 오늘날에도 존재해야 한다. 그곳이 굳이 지리산일 필요까지는 없다. 어디든 누구든 피할 수 있는 곳이면 된다. 장소일 수도, 사람일 수도, 과거의 어느 시대나 사건, 자신이 정해 놓은 심리적 이상향일 수도 있다. 묻고 싶다. 그대여! 그대의 소도와 도피성은 어디에 있는가?

유학자들과 이상향 청학동

이상향으로 첫걸음을 내디딘 이는 유학자들로부터였다. 왜 유학자들이었을까? 이상향은 현실 세계라기보다는 정신세계였기 때문이다. 이상향 그 자체는 현실 세계에는 존재하기 어려운, 아니 존재가 불가능한 것이기에 초기의 이상향은 곧 정신과 관념의 집합체이자 일종의 사회적 계급이라 할 수 있는 유학자들의 전유물과도 같았을 것이다.

유학 그 자체는 현실 세계와 정신세계의 치열한 다툼으로 정신이 현실 세계를 넘을 때 비로소 현실 세계 속의 이상향에 도달할 수 있다. 물질 중심의 이상향 추구라면 유학자들이 아닌 상인들이나 산업자본가들이 먼저 나섰을 것이다. 닭이 먼저냐, 달걀이 먼저냐와 같은 우문이라 할 수 있지만, 이상주의자들은 꿈꾸게 됐고 그 꿈을 현실 세계에서 찾기 시작한 이들이 유학자들이었음은 주지의 사실이다.

현실정치 속의 유학자들은 그들의 이상 정치를 현장에 실현해 나가기가 쉽지 않았을 것이다. 온갖 권모와 술수가 난무하는 사파리와 같은 원시적 정치 환경은 그들을 현실이 아닌 비 현실계 속의 이상향을 찾도록 만들었다. 그들이 맞닥뜨린 현실 세계는 신분과 권력, 정치이념에 막혀 좌절할 수밖에 없었다. 이상적 정치가 현실 세계에서 발붙일 곳은 이상향에서나 가능했다. 그들의 이상적 가치관을 실현하기 위해서는 이상향이라 할 수 있는 곳을 찾아 나선 것이다.

  그렇다고 이상향이 유학자들만의 전유물인 것은 아니었다. 남녀노소, 빈부귀천을 막론하고 인간 누구에게나 존재했었다. 과거도 그렇고 현재와 미래도 절대 다르지 않을 것이다. 그것은 꿈의 세계와도 같은 것이었고 피안의 세계와도 같은 것이다. 자신이 그리는 이상향 자체가 없는 사람은 세상을 살아내기가 쉽지 않다. 신앙이나 종교는 그 하나일 수 있다. 현실 세계에서는 이룰 수 없는 무한의 조건을 통째로 갖추고 있는 곳이다. 학문의 추구도 같은 맥락일 수 있다.

  인간은 늘 경계에 섰었다. 이상향과 현실 세계의 경계에서 갈등은 운명적이었다. 현실과 타협을 하느냐, 그렇지 않으냐의 갈림길에서 이념을 중시했던 유학자들은 성큼 경계를 넘어 이상향으로 달음박질했다. 그곳이 청학동이라 할 수 있는 곳이었다.

이상향

하동 유학 계보

청학동 하동을 찾아 떠났다고 하는 이상향 주의자인 유학자 중 하동 유학의 계보를 잇는 이들은 누구였을까? 하동의 지리산이 청학동이라는 이상향으로 낙점된 것은 통일신라 최치원이 그 시원이라고 하는데 이의를 달사람은 없을 것이다. 최치원이 넘어야 할 산은 신분이었다. 그 산을 넘어야 이상향에 도달할 수 있었지만, 한계를 넘기에는 너무나 험악했다. 그는 신분의 산을 넘는 대신 이상향 지리산을 택했다. 청학을 타고 노닐기에 제격인 곳이었다. 결국 그는 신神이 됐고 더 이상 현실 세계의 사람이 아니었다.

유학자들에게 최치원은 흠모의 대상이었다. 여차하면 자신들도 현실 세계를 떠나 이상향으로 가는 모범을 보일 인물이었다. 선행자가 있다는 것은 그만큼 용기를 지니게 한다. 어느 시대나 타협할 수 없는 조건들은 있었다. 이것이 이들에게 이상향을 찾게 했다.

최치원에게 있어서는 신분이었다면 고려 문인들에게 있어서는 악명 높은 무신정권이었다. 타협하느니 차라리 이 땅을 떠나겠다는 다짐이었다. 이인로(1152~1220)는 최치원의 이상향을 현장화시킨 인물이었다. 관념에 머물렀던 최치원의 청학동을 현실 세계로 끌어내어 조선 시대로 이어지게 만든 가교역할을 담당했다.

이인로는 실제 청학동행을 감행했다. 개경에서 남쪽으로 발길을 돌려 지리산까지 들어와 신흥사에까지 이르렀다. 하지만 청학동에 이르는 길을 끝내 찾지 못하고 다시 발길을 돌려야만 했다. 이인로의 청학동 기록은 파한집破閑集에 충실하게 배어 있다.

결국 조선 시대 들어와 남명 조식은 하동 유학의 시원이자 계보를 형성하게 된다. 남명이 합천에서 지리산으로 거처를 옮긴 것은 지리산 그 자체가 가진 인력引力 때문이었다. 진주와 인근 지역에서 학맥을 형성한 것도 지리산이 가진 이상향에 근거한다고 할 수 있다. 남명은 청학동을 세 번이나 순례했을 뿐 아니라 십여 차례 이상 지리산을 올랐다. 산청 덕산의 산천재는 천왕봉을 바로 눈앞에 두고 있다. 지리산 천왕봉을 이상향으로 여겼기 때문이다. 이상향은 굳이 장소만을 의미하지 않는다. 지리산 천왕봉은 장소 이상의 장소였다.

남명으로 인해 지리산과 인근 지역은 자연스럽게 남명 학맥을 형성하는 군락지가 됐다. 진주목 하동은 남명 학파의 주류를 형성하였는데 그 중 옥종면 안계마을은 남명 학파의 본거지였다.

그렇다고 남명 이전의 시대에 하동 지역에 유학자가 존재하지 않은 것은 아니었다. 고려 시대로 올라가면 강민첨, 정세유, 정숙첨, 정안, 정지상, 정지연, 정혼 등은 바로 그런 인물들이었다. 이들을 유학자라고 칭할수 있었는지는 의견을 달리하는 학자들이 많다. 그 뒤를 이은 유학자는 지족당 조지서(1454~1504)였다. 남명(1501~1572)보다 근 50년 가까이 앞선 시대를 살았다. 학맥을 형성하지 않았다는 면에서는 이전 고려 시대 하동 출신 유학자들과 다를 바 없다.

결국 하동 유학의 근원은 조식이라 할 수밖에 없다. 산청 덕산과 하동의 옥종, 북천, 양보 등지는 조식 문하생들의 은거지였다. 겸재 하홍도(1592~1666)는 하동 유학의 줄기를 형성하는 출발점이라 할 수 있다. 즉 남명 조식에 이은 각재 하상, 송정 하수일에게 전해진 학맥은 겸재 하홍도로 이어져 하동에 뿌리를 내리게 됐다.

하홍도에 이어 17세기에는 하홍도의 동생 낙와 하홍달, 삼함재 김명겸, 설창 하철, 양정재 하덕망, 주담 김성운, 한계 하대명, 괴전와 하대관으로 이어졌고 18세기 국헌 하달성, 중은 강석좌로 이어졌다. 결국 하동 유학의 르네상스라 할 수 있는 19세기에는 월촌 하달홍, 간취당 정우빈, 효재 정원항, 월고 조성가, 계남 최숙민, 두산 강병주, 월산 조성주, 니곡 하응로, 해사 정돈균, 석전 문진호, 수재 정봉기, 수당 최경병, 사와 하재도, 신암 최긍민, 청천 정기식, 담헌 하우선으로 이어져 20세기에 이른다.

　지역적 분포로는 당연히 옥종면이 21명으로 으뜸이고 북천면 6명, 금남면과 양보면이 각각 1명이었다. 따라서 수적으로만 볼 때 하동 유학자의 분포는 동고서저를 이룬다. 학맥 형성은 단연 남명학파가 주류를 형성했음은 주지의 사실이었다.

이상향

하동 유학과 하동 정신

19세기에 꽃을 피웠던 하동 유학은 하동문화와 역사 나아가 하동 정신에 어떤 족적을 남겼을까? 하동 정신이라는 것은 있을까? 하동 유학은 일종의 지리산문화로 요약된다. 동고서저東高西低의 형태를 띤 하동 유학은 결국 서고동저西高東低의 섬진강 문화와의 결합을 시도하지만, 19세기 지리산 문화의 총아라 할 수 있는 유학의 물결은 20세기를 넘으면서 섬진강 문화에 밀려 더 이상 하동문화나 하동 정신을 이끌지 못했다 할 수 있다. 이는 사회 전반적으로 신문물의 도래에 따른 섬진강 문화와 지리산 문화와의 자연스러운 자리바꿈의 결과라 할 수 있다.

유학의 물결은 왜 황토재를 넘지 못했을까? 횡천, 고전, 적량, 하동읍과 같은 섬진강권 문화와 연결되지 못한 이유는 무엇일까? 섬진강 문화는 일종의 신문물이나 신문화의 물결을 동반했지만, 지리산 문화의 상징이라 할 수 있는 유학은 급격한 시대변화에 대응하기에는 굼뜬 면이 없잖아 있었다.

섬진강 문화는 문학과 예술, 음악과 같은 대중적 문화를 이끈 반면 지리산문 화는 20세기 후반에 밀려드는 신문물을 흡수하지 못한 면이 있다. 결국 21세기 하동의 문화는 섬진강 문화가 주도하고 지리산 문화를 흡수하는 역전현상이 일어난 것으로 봐야 한다.

오늘날 하동의 정치, 경제, 사회와 문화의 주류를 형성하고 있는 것은 일종의 섬진강 문화라 할 수 있다. 세계사적으로도 강이 문화를 주도하고 있는 것은 주지의 사실임을 감안 할 때 그 흐름을 하동도 따랐을 뿐이다. 강 문화의 개방성이 작용한 것일 수도 있다. 강은 곧 연결이요 연결은 속도와 강력한 전파력을 지닌 것으로 해양 문화와도 쉽게 접촉할 수 있는 장점이 있다.

하지만 강과 산, 바다는 분절이나 단절이 될 수 없는 것은 산이 없는 강은 있을 수 없기 때문이다. 하동은 그런 면에서 지리산 북쪽의 함양이나 동쪽의 산청과 같은 산악문화가 주류를 형성했던 고장과는 달리 산악문화와 강 문화가 병립함으로써 다양성을 띤 흔치 않은 문화를 형성했다고 본다. 이는 하동이 과거나 현재보다 미래에 더 문화 발전을 기대하게 만드는 요인이다. 변화에 민감하고 문화의 융합이나 통합과 쉽게 접목할 수 있기 때문이다.

21세기 청학동의 조건

21세기 인공지능으로 가득 찬 시대에 억지 같지만, 청학동을 말할 수 있을 틈새가 있을까? 원조 청학동인 불일평전과 불일폭포 일대, 신흥사와 같은 곳들을 빌미 삼아 하동을 아직도 청학동이라 항변할 수 있을까? 그러려면 제법 배짱이 두둑해야 하리라. 하지만 포기하기에는 이르다. 원조 청학동 사람의 눈으로 보면 여전히 하동은 청학동이다. 산, 강, 바다, 들판 그 어느 것 하나 빠질 게 없는 하동이기 때문이다.

하동은 자연적으로 산과 강, 바다의 융합과 통합으로 이뤄진 고장이다. 그 때문에 나는 전 장에서 하동의 내성을 '다양성', 하동을 읽는 코드를 '민감성'으로 봤다. 지역적으로 섬진강이 형성해 낸 전라도와 경상도 양 지역의 가운데 자리한 하나의 상징성이라 할 수 있는 제삼지대를 통해 통합의 정신을 이뤄냈다.

삼류 도시국가였던 로마가 제국 로마가 된 것에는 자신보다 더 뛰어난 이웃 나라들을 품은 '포용 정신'이 있었다. 그렇다고 포용 정신이 자신의 부족함을 감추기 위한 전략이라 하기에는 포용에 매기는 점수가 너무 낮다. 어쩌면 너른 품이요, 아량이라 할 수 있다.

제삼지대 속에는 다양성을 띤 포용이 충만하게 내포되어 있음을 인지하자. 하동은 자신도 모르는 사이에 산악 문명에서 강 문명을, 해양 문명을 포용했다. 이것이 하동의 DNA가 됐을 수 있다. 섬진강의 범람이 가져온 혼돈과 무질서, 이것이 작용하여 다양한 요소들의 융합으로 이뤄진 사질 양토처럼 물河가 가진 그 무한한 잠재력이 하동다움이라 할 수 있다.

그러기에 하동은 '이것이 하동이라'고 한 마디로 정의하기가 어렵다. 다양한 모양의 그릇에 담긴 물은 그릇의 모양을 따르듯 하동의 그릇은 그만큼 다양하고 정의하기가 쉽지 않다. 상상하기에 따라 다르기 때문이다. 산처럼 솟아 있기도 하고, 강처럼 길게 연결되고 자주 범람하여 형상이 바뀌기도 하고, 때로는 바다처럼 항상 그 모습으로 그 자리에 있기도 하기 때문이다. 이것이 하동이다. 하동다움이라 할 수 있다.

'그다움'이라는 말, 나는 나다워야 하고 너는 너다워야 하고 그는 그다워야 하는 것처럼 그 지역은 그 지역다워야 한다. 모두가 나답고 모두가 그답다면 그 '다움'이라는 것은 무슨 가치가 있을까?

이것이 오늘날의 청학동이 지녀야 할 가치다. 세계만방이 서로 연결되고 어느 곳이든 휴대폰 하나면 세상 모든 것들을 다 알 수 있는 세상에 오로지 내가 사는 하동만이 청학동이라고 항변하기에는 이미 세상이 너무 나가도 한 참 많이 나가 버렸다.

'하동다움'이 이웃의 '산청다움'이나 '남해다움'과 어울릴 때 그 '다움'은 비로소 가치가 있다. 인공지능이 충만한 세상에 청학동이라 명명 받을 방법은 '다움'이다. 하동다움은 '다양성'이다. 어떤 모습도 가능하고 상상한 대로 변신할 수 있는 하동 말이다. 세상 모든 동네가 '그다움'을 이뤄낸다면 수백 가지의 면을 가져 찬란한 보석 다이아몬드가 되듯 모두가 청학동이 될 것이다. 우리만이 청학동이 아니어야, 모두가 청학동이어야 21세기에서 생존할 수 있다. 먼저는 '하동다움'이다.

14년여 전 서울의 한 단체에서 강의해 달라는 요청을 받은 적이 있습니다. '하동 안의 개구리 서울 나들이하다'라는 강의 제목이었습니다. 아직도 그 개구리는 하동을 벗어나지 못하고 있습니다. 하동은 제가 사는 세상의 전부였고 제가 세상을 보는 통로였습니다.

인생의 후반전에 들어서 두 번째 삶을 살고 있습니다. 하동 안의 개구리는 원도 없이 하동을 헤엄쳐 다녔습니다. 그 하동이 얼마나 넓고 깊은지 새삼 깨달은 시간이었습니다. 내가 본 하동은 하동이 아닌 하동이었습니다. 이 우물에서 놀고 있음이 얼마나 큰 행복인지 모릅니다.

동일한 피사체를 놓고 모두 다르게 그릴 수 있는 것은 너무나 당연한 일입니다. 저는 이렇게 하동을 묘사했습니다. 더 많은 사람들이 하동을 저마다 다른 방식으로 묘사하면 좋겠습니다. 묘사란 참좋은 말이기도 합니다.

저는 하얀 눈이 내린 길 위를 잠시 걸었을 뿐입니다. 더 많은 눈이 내려 곧 저의 발자국은 보이지 않을 것입니다. 또 다른 새롭고 경이로운 발자국이 찍히기를 기원합니다.

참고(인용)자료

「소설 토지 제3권」 박경리, 마로니에북스, 2017

「지리산 인문학으로 유람하다」 강정화 최석기, 보고사, 2010

「열하일기 상」 박지원, 북드라망, 2016

「남명집」 조식(경상대학교 남명학연구소 옮김), 한길사, 2020

「지리산의 식생」 임양재 김정언, 중앙대학교출판부, 1992

「지리산 청학동」 곽재용, 박이정, 2011

「네 모습 속에서 나를 본다」 조문환, 북성재, 2013

「섬진강의 고고학」 경상대학교박물관, 2018

「한국의 봉수」 눈빛, 2003

「하동읍성 복원종합계획에 따른 8차 학술발굴 조사서」 재단법인 경상문화재연구원, 2022

「난중일기」 이순신(노승석 옮김), 여해, 2016

「만물이 만나고 헤어지는 고개 고개, 운명을 헤치며 신명 나게 넘어가네」 이경재, 문화일보, 2018

「하동 이천 년 발자취를 남긴 사람들」 하동문화원, 2019

「한국의 전통 사회 시장」 정승모, 이화여자대학교출판부, 2006

「하동편지」 조문환, 북성재, 2012

「경남권문화 제20호 : 기획연구 하동다움 정신문화 찾기」 진주교육대학교 경남권문화연구소, 2010

「한국현대문학과 하동」 최영욱, 김남호, 하아무, 한국문인협회 하동지부

「지리산과 이상향」 지리산권문화연구단, 도서출판 선인, 2015

「하동유학의 맥」 전병철, 하동문화원, 전병철, 2012

「조식의 지리산 유람기, 유두류록」 뜻있는도서출판, 2023

「지리산권 유학의 학맥과 사상」 도서출판선인, 2015

「선인들의 지리산 유람록」 최석기외, 돌베개, 2000

「하동군지」 하동군지편모위원회, 1997

「하동군사」 여재규, 1978

「한국 전통제다법 전승 양상에 관한 연구」 김대호, 2022

블로그 「상선약수, 중국의 물 이야기」

블로그 「성패소하, 중국으로 가는 길」

하동학개론

초판1쇄 발행 2025년 3월 1일

지은이 조문환
펴낸이 이지순

편집 성윤석　**디자인** 디자인무영
제작 뜻있는도서출판
　　　경남 창원시 성산구 반송동 149 205호 경남문화콘텐츠 연구소 내
　　　전화 055-282-1457
　　　팩스 055-283-1457
　　　이메일 ez9305@hanmail.net

펴낸곳 효산출판사
　　　(효산출판사는 뜻있는 도서출판의 교양 브랜드입니다)

ISBN　979-11-973193-4-1　03810